Ⓢ新潮新書

倉本 聰　碓井広義
*KURAMOTO So　USUI Hiroyoshi*

# ドラマへの遺言



802

新潮社

# まえがきに代えて

話の通じる人が少なくなってくる。

同時代の言語や名詞や想いが次第に世間に通用しなくなってくる。それが恐らく年老《ふ》ることの一番の孤独であり寂しさであろう。

同じ時代の空気を吸って、同じテレビという世界に生きてきた碓井広義さんという貴重な友人が、あの時代のテレビの制作現場のひたむきさと純粋さを、いまこの時期に思い起こさせてくれたことに、心からなる感謝の念を述べたい。

倉本 聰

# はじめに

脚本家・倉本聰はテレビドラマ界の巨人である。

齢《よわい》80を越えてから手がけた久々の連ドラ『やすらぎの郷《さと》』が話題を呼んだことは記憶に新しいが、『北の国から』のシリーズにせよ、『前略おふくろ様』にせよ、一世を風靡したばかりでなく、これほど人々の心に深く残る名作を数多く手がけた脚本家は稀だ。

しかも、例えば『北の国から』シリーズでは約20年間も視聴者と時代を共有し、『やすらぎの郷』では平日の昼間に「シルバータイムドラマ」という新たな価値を創出するなど、その時代その時代に果敢なチャレンジを行ってドラマの可能性を広げてきた。

その一方で、自身の信念に従って大河ドラマでさえも降板し、キャスティングにも積極的に関わっていく。また役者が読む台本の一字一句にもこだわるという〝伝説〟を持つ。歯に衣着せず物を言い、大物俳優達と交遊を保ち、テレビ局上層部にも遠慮はしない頑固者だ。こんな脚本家、他にはいない。

私はと言えば、現在は上智大学の教壇に立っているが、以前は20年にわたってテレビ界にいた。テレビマンユニオンでプロデューサー修業をしていた36年前、ドラマ『波の盆』の現場で倉本聰に出会った。鮮やかな作劇術、心に沁みるセリフの数々、なにより、若僧である私にも惜しげなく理想とするドラマ像を伝授しようとする熱意やその人柄に惚れ込んだ。以来、私は勝手に倉本を師匠と仰いで今日に至っている。本来であれば〝倉本先生〟と書きたいところだが、本書では客観性を保つためにぐっとこらえた。

本書はさまざまな風評に彩られた師匠に、不肖の弟子が過去と現在の一切合切について聞き取りを行った一冊である。テーマは〝遺言〟。倉本が80代にさしかかった頃から、師匠の無尽蔵の創造力に感嘆する一方、突然目の前からいなくなってしまうことへの脅えを感じるようになった。そこで私は、師匠に活字としてあらいざらいを公開することを提案したのだ。

本書のベースとなっているのは、2018年1月9日から6月29日まで、全118回におよぶ日刊ゲンダイの連載「倉本聰　ドラマへの遺言」である。インタビューは富良野や東京で17年10月から18年12月までに計9回行われ、のべ30時間に及んだ。19年4月から始まる『やすらぎの郷』の続編、『やすらぎの刻〜道』の台本執筆の疲れや、手術などから来る体調不良もあったはずだが、倉本は会えばいつも元気で、身を乗り出すように話をしてくれた。

書名の『ドラマへの遺言』は師匠と相談して決めた。脚本家としての仕事を総括するだけでなく、同時代を共に歩んだ人々、そして次代を生きる人たちに、人間・倉本聰からのメッセージが届くことを願うばかりだ。

では、オンエアを開始しましょう。

碓井　広義

# ドラマへの遺言　目次

# 第1章　常に怒りのパッションを持っていないと

　２０１７年４月３日から約半年間、毎日20分、全１２９話という民放ドラマとしては異例の形式で放送され、話題となったのが『やすらぎの郷』（テレビ朝日系）である。

　２０１９年春からは続編『やすらぎの刻～道』の放送も決定しているこの作品は、２０１８年のエランドール賞特別賞（制作チームに対し）、第34回ＡＴＰ賞特別賞を受賞するなど高い評価を得て社会現象ともなった。脚本界の大御所・倉本聰による久々の連続ドラマであり、倉本の呼びかけに応じた浅丘ルリ子、加賀まりこ、八千草薫《やちぐさかおる》といった錚々《そうそう》たる大女優たちの競演がシニア世代を中心に視聴者の関心をさらった。何より、倉本ならではのノスタルジーに満ちた〝虚実皮膜〟の人間模様が、昭和を代表する名優たちによって繰り広げられる様は圧巻の一言だった。

　舞台は海辺の高台にある〈やすらぎの郷　La Strada〉という名の老人ホーム。住人たちはかつて一世を風靡した芸能人や作り手であり、テレビに貢献してきたという共通点を持っている。そこに入居してくる主人公の元人気脚本家・菊村栄に石坂浩二、その亡き妻・律子に風吹ジュン、住人の国民的人気女優・白川冴子に浅丘ルリ子、〝悪女〟女優・水谷マヤに加賀まりこ、元歌手で女優となった三井路子に五月みどり、戦前から活躍する大女優・九条摂子に八千草薫、個性派俳優・真野六郎にミッキー・カーチス、時代劇を中心に活躍した俳優・岩倉正臣に山本圭、律子とも付き合いが深かった女優・井深涼子に野際陽子、酒好きのシャンソン歌手・及川しのぶに有馬稲子、さらに〈やすらぎの郷〉を運営する〈やすらぎ財団〉理事に草刈民代、理事長に名高達男、コンシェルジュに常盤貴子《ときわたかこ》……と、挙げればキリがないほど豪華キャストが並ぶ。こうした芸能界の住人たちが抱える過去への執着や現在への不満、くすぶる恋心、病気や死への恐怖などは、形は違えどわれわれ一般人とも重なり、深い共感を呼んだ。

本書ではその放送終了直後に行われたインタビューからスタートし、倉本聰が次代に伝える〝ドラマへの遺言〟を聞いていく。

## 同年配が見られるものがない

まず聞きたかったのは、このドラマがどうやって制作決定に至ったのかだ。倉本は言わずと知れたドラマ界の巨星である。倉本が「やりたい」とさえ言えば、こんな異例の形式のドラマ企画でも通ってしまうものなのか。しかも、代表作『北の国から』をはじめ数々のドラマを共に作り上げ、倉本と最も長く深い付き合いがあるはずのフジテレビではなく、テレビ朝日系での制作、放送だ。

思えば私が初めて『やすらぎの郷』のアウトラインを知ったのは放送開始の1年半前、2015年の秋だった。東京に来た倉本から呼び出され、本人の手になる企画書を「この場で読んで率直な意見を！」と言われたのだ。当時はまだ『やすらぎの家』というタイトルだったが、読了後「このドラマ、ぜひ見たいです」と私は答えた。その時、倉本は、まずはフジに聞いてみたほうがいいかな、と苦笑いしていたのだ。

「そうでしたか。そんな前でしたか。そうですね。最初フジに話をしましたね」

倉本自身が亀山《かめやま》千広《ひろ》社長［当時］に直接話をしたという報道もあった。

「いやいや。僕が話をしたのは制作部長です。フジも中村敏夫［『北の国から』のプロデューサー］が死んじゃってからパイプが細くなったんですよね。（同ディレクターだった）杉田成道《しげみち》や山田良明も今は外の会社にいますから。

それで、『風のガーデン』（08年）のプロデューサーだった浅野澄美《きよみ》を通して局長に上げてもらったんだけれどダメだって話でね」

亀山社長から直接NOの返事が来たわけではなかった。

「そういうことです。だから社長のところまで『やすらぎの郷』の話がいったかどうかも分からない。ただ、フジに断られたっていう事実はある。株主総会では日枝《ひえだ》さん［日枝久《ひさし》。現・相談役］が吊し上げを食らっちゃったっていうね」

2017年6月末に開かれたフジの株主総会のことだ。29年にわたって経営に君臨した〝フジの天皇〟日枝久フジ・メディア・ホールディングス会長が退任を発表、亀山千広フジテレビ社長も退任の予定だったが、その承認をめぐって紛糾したのだ。その余波と言うべきか、フジの株を長年所有する個人株主から〝なぜ最初に企画を持ち込まれながら、『やすらぎの郷』をフジがやらなかったのか〟との質問が飛んだのである。

「でもまあ、話をする前からフジはダメだろうなっていう感じはありましたよね」

当時の倉本は、真っ先にフジに提案するのは「仁義だから」と言っていた。

「ええ。でもフジがダメでも企画自体は何とか実現させたいと思って、石原プロモーションのコマサ［小林正彦元専務、2016年10月没、享年80］に相談して、テレビ朝日の早河洋会長に取り次いでもらいました。早河さんとは、石原プロとテレ朝でドラマ『祇《ぎ》園《おん》囃《ばや》子《し》』（05年）をやった関係でもちろん知り合いではいたんですが、それほどの仲でもなかった。で、コマサに相談したら、仲介だけしてくれると。実際にそのあとはパッと引き下がっちゃったんですが」

なんとも鮮やかな振る舞いだ。確かに石原プロは『やすらぎの郷』のクレジットにも出ていない。

「出てないです。コマサ自身も石原プロはもう辞めてましたしね。個人でやってくれたって感じ」

フジに断られても『やすらぎの郷』を実現しようとしたのはなぜなのか。

「いくつかの理由があるんですが。周囲の同年配の人間が早朝起きてもＮＨＫの連続テレビ小説（以下、朝ドラ）が始まる8時まで見るものがないって言うんですね。ましてやゴールデンなんかは自分たちが見るドラマじゃないと。

もうひとつは、ゴールデンタイム〔19〜22時を指す〕の視聴率がどんどん落ちていますよね。かつては20％ぐらいは取らなきゃいけなかったのに、いまは12〜13％でよくなっちゃった。逆にいうと、ゴールデンというのはＦ１〔20〜34歳の女性層のこと〕、Ｆ２〔35

〜49歳の女性層」の視聴者の取り込みを目指す神話が今も続いていますが、肝心のF1、F2がインターネットにいっちゃったり、録画ということもありますね。現に『やすらぎの郷』も録画で見ている人間の方が多かったっていうんです」

## 視聴率という一神教

放送時に番組を見る「リアルタイム視聴」に対して、録画して別の時間に見ることを「タイムシフト視聴」と呼ぶ。ドラマなどはこの「タイムシフト視聴」が多いため、「リアルタイム」の視聴率が番組の〝人気〟をどれだけ正確に反映しているのか疑問視する声もある。

「その録画に対する視聴率っていうのは、電通もいまでは出しているっていいますが、本当の意味で出ているとは思えないんですね。というのも、電通が扱っている視聴率は、誤解してほしくないんだけれども、番組視聴率というより、いわばCM視聴率。番組を録画するとコマーシャルはスキップされてしまうわけで、録画視聴率は代理店としてはスポンサーに見せる価値のない数字だったわけです」

テレビは視聴率という神が支配する、いわば一神教の世界である。ざっくり言えば、テレビ局はＣＭの枠を広告代理店を通して広告主に売る。視聴率の高い枠ほど高く売れる。長年、リアルタイムの視聴率こそがテレビ局と広告会社のメシの種だった。

テレビ局では、良質な番組だろうが、コアなファンがいようが、視聴率が低ければ評価されない。逆に視聴率さえ取っていれば、中身は問わない。制作者も出世できる。かつて日本テレビのプロデューサーが視聴率調査のサンプル家庭をつきとめ、買収しようとしたことが発覚し、大騒動になったこともあった。

「僕は録画という機能が発明され、家庭用に録画機っていうのが入った時にね、今までの面積のみの視聴率に奥行きが加わり、〝容積の視聴率〟が出てくると期待していたんです。しかも録画してまで見たいドラマとなれば、プラス1ではなく、掛ける1・5でもいい。ましてやそれを永久保存したいと思う作品であれば、掛ける5になるんじゃないかと期待したんですが、変わらなかったですね。

番組視聴率ではなく、ゴマすり視聴率だってことが判明したわけですが、本当に番組のことを真剣に考えるのならば、第三者機関が視聴率調査をやらなければ、ダメになりますよね。コマーシャルを入れ込んだものを材料にしてテレビ視聴率を計測して、そして何十億もの金が動いているわけでしょう？　異常だと思いますね。そんなこともあって、民放のゴールデンタイムがガチャガチャになっちゃった。一方で、NHKの朝ドラは20％を取ってるわけですよ。それだけ朝に視聴者層がいるわけでしょう？」

## シルバータイムドラマ

NHKの朝ドラは今年（2019年）で59年目。時計代わりも含め、生活習慣の一部と化している人が多い。1968年から約20年間、TBSが「ポーラテレビ小説」で朝ドラに対抗していたが、それ以降はずっとNHKのひとり勝ち状態だ。

「なぜ民放がそこに斬り込まないのかが不思議だった。そんな話を、加賀まりこや八千草薫さんたちに話していたら、やりましょうよって言い出した。出演料はタダでもいいから出たい、なんていう話になってきて、『やすらぎの郷』のもととなる企画を作ったんですね。そうしたら、テレビ朝日が受けてはくれたんだけれど、やっぱり朝はダメだった。それでゴールデンに対してシルバーにしたんだけれど［倉本の提案でテレビ朝日はゴールデンタイムに対抗する大人のための〝シルバータイムドラマ枠〟を設けた］、朝の時間枠っていうのは、キー局が持っていないんですよ。地方局がバラバラに持っている。全国ネットにならないんです。だから、昼の枠に置いたんです」

民放テレビ局はキー局と地方局でネットワークを組んでいる。〝上流〟であるキー局が制作した番組を、どの時間に放送するかの選択権は各地方局にある。同じ系列の地方局であっても、番組表の組み方はその地方局次第。特に朝の時間枠はローカルな情報番組の生放送に当てられることも多く、ドラマを放送するのに適さなかったというのだ。

「皆結局、『やすらぎの郷』は録画して見ていた。夕方になると番組に関するネットの書き込みが増えるんです。リアルタイムの視聴率は６～７％。テレ朝はそれでもいいっていうんだけれども、録画視聴率が加わったらまた違ったでしょうね。『やすらぎの郷』を通じて感じたのは、テレビの数字のマジックみたいなもの。調査がうまくできているのかできていないのか。改めて疑問を持ちましたね」

ちなみに18年４月から、民放とスポンサーの間で使われるＣＭ料金の取引指標が変わった。これまではリアルタイム視聴率だけで判断していたが、〈Ｐ＋Ｃ７〉《ピー・プラス・シーセブン》という新しい指標が導入された。Ｐは「番組」、Ｃは「ＣＭ」、７は「７日間」を指す。放送後７日間以内のＣＭ枠を含めた録画視聴の平均視聴率のことであり、リアルタイム視聴率とタイムシフト視聴率を合わせた「総合視聴率」が登場してきたのだ。

こうした倉本の問題意識は『やすらぎの郷』にも反映されている。視聴率至上主義への疑問に限らず、倉本が随所に織り込んでいったメッセージは介護問題から禁煙ファシズムともいうべき現代の風潮にまで及ぶ。またそれが、スリリングかつ痛快だった。

早くも第2話で、倉本自身を思わせる主人公のベテラン脚本家・菊村栄（石坂浩二）は「テレビを駄目にしたのはそもそもテレビ局じゃないか」と批判を口にするのだ。

「そうでしたね。この年になると怖いものがあまりなくなるし、言うべきことは言わせてもらおうっていう開き直りがありますから。

やっぱりね、常に怒りのパッションを持っていないと、僕の場合は書けないんですよ。このドラマで僕の過去の系譜からいうと、一番近いのは、第6話ですね。カリカチュアライズ［欠点や弱点などを面白おかしく誇張し、風刺的に描くこと］をせずにリアルにやろうと思いました。世の中や若者に対する怒りのエネルギー。ハッピー（松岡茉優《まゆ》）のレイプ事件も描きましたが、書く材料には事欠かなかった」

第6話では、菊村が〈やすらぎの郷〉の理事長で医師の名倉（名高達男）から肺のレントゲン写真を見せられ、「永生きする気はないンでしょ？」と聞かれる。菊村が「はい」と明るく答えると、名倉は「たばこは無理にやめるとストレスになる。副流煙を気にする人とは付き合わなければいいんです」と言い、菊村は「あなたは名医だ」とうれしそうに笑う。倉本は、そして私もだが愛煙家である。

「テレビ局が喫煙シーンについて抵抗してくるか、視聴者から文句が上がってくるのかなんて思ってたんですが、プロデューサーが僕に気を使ってくれたのか、抗議の報告は一切ありませんでした。ネットの書き込みなんかを見ていると随分あったと思うんですけど、自由にやらせてくれたことはありがたかったですね」

全体としても大成功といっていいドラマだったのではないか。

「そうですね、大成功といっていいと思います。

放送終了後は完全にやすらぎロスでした。なにしろ、朝起きてBS朝日で前日分を見てからまた寝て、昼起きて次の回を見るっていう生活習慣がなくなったもんですから。次に何を書くかとか、すぐ考える気にはならなかった。

ドラマを週イチで見るのと毎日見るのとでは違いますね。視聴者目線で見るので。毎日毎日子供が生まれているっていう面白さがありました」

**「現役引退宣言」**

だがおよそ10年前、倉本は引退宣言とも取れる発言をしている。2008年8月、倉本がフジテレビ開局50周年記念ドラマ『風のガーデン』（中井貴一主演）の富良野ロケを視察した際の会見だ。「脚本を書いているうちにこれが最後だと思った」という発言に、テレビドラマ界には激震が走った。事実、倉本は『やすらぎの郷』までオリジナルの連続ドラマから離れているのだ。あのとき、どうしてそんな発言をしたのか。そして、なぜ80代に入って（倉本は1935年1月生まれである）また連続ドラマを手がけようとしたのか。

**「詳しいことはちょっと覚えていないんですが、ただ、体力的な面は大きいでしょうね。その当時でまだ70代だったのかな。長期間にわたる作品ってキツイでしょう？　もう体力的に無理かなっていうのはありましたね。自信がないっていう」**

『風のガーデン』は『北の国から』（1981〜2002年）、『優しい時間』（05年）に続く〈富良野3部作〉といわれる作品の最終章。平均視聴率は15・8％（ビデオリサーチ調べ、関東地区）だったが、数字以上に「人生の最期」を扱ったドラマの内容自体への反響が大きかった。難しいテーマでもあっただけに、もしかしたら倉本と制作陣の間にドラマ作りを巡って何かズレでもあったのではないか。

**「それはないですよ。『風のガーデン』の演出は宮本理江子だったし。山田太一の娘さ**

んのね。ただ、当時、主人公の父親役を演じた緒形拳《おがたけん》が亡くなったでしょう〔ドラマの初回放送の4日前、08年10月5日に緒形は71歳で逝去。その5日前には制作会見にも出席していた〕。それから4年後の12年には大滝秀治さん（享年87）も亡くなった。自分が一緒に仕事してきた同世代や先輩がどんどん欠けていっちゃった」

倉本にとって脚本の命でもある微妙なニュアンスを表現できる役者や作り手の存在は不可欠だ。

「正直、理江子までは良かったんだけど。実は『やすらぎの郷』の前にドラマを1本やっているんですよ〔14年のTBS系日曜劇場『おやじの背中』のこと。10人の脚本家による1話完結のオムニバス形式で放送され、倉本は第3話『なごり雪』を書き、旧知の演出家・石橋冠と組んだ。一代で会社を築き上げた男（西田敏行）が創立40周年パーティーのため準備してきたプランを周囲に反対される。腹を立てた男はパーティーの中止を宣言して姿を消す〕。

そのときに、冠ちゃんがどうのこうのっていうんじゃなくて、いまの俳優さんたちと演出家たちとの間のギャップっていうのは感じましたね」

倉本と石橋冠のタッグと言えば、私にとっては、浅丘ルリ子と石坂浩二が共演した『2丁目3番地』（71年、日本テレビ系）が印象深い。『北の国から』の3年後、天宮良の初主演ドラマ『昨日、悲別《かなしべつ》で』（84年、同）の演出も石橋。同世代で戦友ともいえる石橋との仕事だったのだが。

## シナリオライターの2つの役割

「出来上がったVTRを見るとイライラしちゃうんですよ。書いた本人が。めちゃくちゃイライラするんで、これはもうテレビドラマはやめた方がいいのかなと。実は『やすらぎの郷』でもそうだった。しかも長丁場だったので、『おやじの背中』以上に相当激しくイライラが出た。これは僕の台本がダメなんだなっていう気がしているんです。

そもそもシナリオライターというのは、2つの役割がありましてね。一つはプロットを作る仕事。そして、もう一つは撮影台本を作る仕事です」

ドラマや映画でいうプロットは物語の筋、つまりストーリーのことである。大きく分ければ原作ありのものと、原作なしのオリジナルと2種類があり、どちらの場合もプロットを基に書かれた撮影台本をベースにドラマが作られていく。

「ですが、日本では原作ありも原作なしも書き手は〝シナリオライター〟とひとくくりで呼ばれていて、実はそれこそがテレビドラマの弊害の一つになっている。僕は映画からこの世界に入りましたが、当時の映画会社では若造がいきなりオリジナルシナリオを書くなんてあり得なかったんですよ。

十数年は経験を積まないと駄目ですね。僕自身もシナリオライターになった時、作家といわれるのはまだ無理だ、まずはシナリオ技術者になろうと思ったものです。とにかく右から注文が来ても左から注文が来ても受ける。そして意向に沿って膨らませ、形にする。当時の映画会社にはプロットライターというものがいまして、企画部が筋までは完璧に作ったものを脚本家に渡す。だから、僕らの仕事は撮影台本を書くことに徹した。分業の訓練を受けてきたので、いまとは全く違うわけですね」

「シナリオライター」や「脚本家」に2つの異なる役割があることは、制作サイドも含め、どの程度理解されているのだろう。

「米国ではいまだにきちんと分業してます。ハリウッドのアカデミー賞の授賞式を見るとお分かりになると思うのですが、脚色賞が初めの方で呼ばれるのに対し、脚本賞は後半で発表される［原作がある場合は「脚色賞」で、オリジナルの場合が「脚本賞」］。

〝撮影台本〟を書くっていう仕事はストーリーを書く仕事とは別です。だからフジテレビヤングシナリオ大賞などを受賞したからといって、いきなり素人にオリジナル脚本を書かせるのはどだい無理な話。物語自体を書く仕事があって、その上で撮影台本を書く。それをゴッタにしているところに大きな問題を感じます。

もし新たにシナリオ賞をつくるのであれば、たとえば、藤沢周平の短編小説を脚色しろっていう課題を与えたほうがいいですね」

『北の国から』を演出した杉田成道も藤沢の『橋ものがたり』を映像化しているが、確かに藤沢作品は物語の骨格がしっかりしている。しかも、事細かな心理ではなく、登場人物たちの行動が描かれる。その行間を読むように想像力を働かせるのはとてもいい脚色の訓練になるはずだ。

「そうでもしないと、本当のシナリオライターは育たない。それをいまのテレビ業界は全く分かっていないんです」

倉本ドラマでは、ベースとなるストーリーを作るのも、撮影台本にするのも倉本である。だが、その先には演出家や役者がいる。最終的に視聴者が見るものと、もともとの脚本との間の落差はどうするのか。

「その落差も予想しながら、織り込みながら書いているってことはありますね」

たとえば『やすらぎの郷』ではこんな場面があった。藤竜也演じる高井秀次（高倉健を思わせる、任俠映画などで活躍した寡黙な俳優）が〈やすらぎの郷〉に入居することになり、女性陣が喜ぶというシーンだ。あらかじめ台本を読んでいた私の予想では、女性陣も10代20代の女の子ではないから感情をむき出しにしてキャーキャー喜んだりはしないはずで、それなりに見栄もあって「あ、そうですか」と感情を抑える。その内心の喜びがにじみ出る様子が笑いを誘う——という表現になるかと思っていたら、オンエアでは皆、ハシャギ回っていた。

「うーん、そう見えましたか（笑）。僕は、チャップリンの〈人生はクローズアップで見れば悲劇。ロングショットで見れば喜劇〉という言葉が喜劇の本質だと思っているんですよね。でも、碓井さんが違和感を持ったとすれば、それは女優たちのせいじゃない。大人のドラマとしてのニュアンスが十分に伝達できていなかったという意味で、僕のスクリプト（台本）が弱かったのかもしれないなあ」

## 倉本聰とホン読み

倉本はドラマの撮影が始まる前、役者たちが集まって行われるホン読み（台本の読み合わせ）に立ち会う脚本家として知られている。

「ハハハ。『前略おふくろ様』(75〜76年、日本テレビ系)では細かく立ち会っていましたから、直接役者に説明できたんですよね。それでも大河ドラマ『勝海舟』(74年、NHK)以降は、演出家や監督に口出しをするとうまくいかないっていう気配があって。いまでは大御所みたいに見られて、皆、僕には逆らわないんですよ。逆らわないから分かったのかなと思うと全く理解していない。伝わっていないんです」

その点、『やすらぎの郷』には倉本作品への出演歴のある俳優がたくさん出ていて、かなり安心だったのではないか。

「僕のことを分かっている人たちは的確に演じてくれますからね」

倉本がホン読みに出なくなったのはいつ頃からなのだろう。私がスタッフとして参加した笠智衆《りゅうちしゅう》主演の『波の盆』(83年、日本テレビ系)では出席していたが。

「『波の盆』の時は制作サイドから〝立ち会ってください〟と言われたので、気持ちよく出られました。でも、普通は〝立ち会ってもいいですよ〟なんて受け身に言われちゃう。出づらいですよね。

ホン読みになぜ立ち会うかというと、シナリオっていうのは〈寝てる〉ものなんです。それを役者が〈立ち上げ〉てくれる。その立ち方が違うっていうのはストーリーを作った者だからこそ的確に指摘できる。それが、とんでもない立ち方をされても、現場にいないから分からないわけですね。それで僕はある時、若い俳優さんに〝一言一句変えないでくれ〟ってつい言っちゃったんです。それが過大に広がっちゃって定説になってしまった」

確かに業界内では、役者も演出家も「倉本脚本は一言一句変えてはならない」という不文律がある。

「語尾を勝手に変えられると人格が変わってしまうんですよ。たとえば、高倉健さんに関するインタビューを僕が受けた際、〝健さんはすてきな人ですよ。シャイなんだけれども、なんとかなんじゃないでしょうか〟っていう答え方をしたとするでしょう。それを新聞記者が〝高倉健はすてきな人だ。シャイだがなんとかだ〟と断定的な言い切りで記事にしてしまうと、読者にはあたかも僕が上から目線で傲慢な言い方をしたように見えるわけです。会話ってのはそういうもの。シナリオは必要最低限の情報を伝える新聞記事とは違います。何の脈絡もなく語尾を変えるのはいい加減にして欲しいとその若い役者さんに言ったつもりだったんですが。

誤解していただきたくないのは、若いからダメ、ではない。ニノ［二宮和也のこと。05

年の『優しい時間』や07年の『拝啓、父上様』に出演している」なんかには自由に変えてくれって言ってますしね。ただし、俺のホン以上に変えてくれとは付け加えます。俺が正しいのか、おまえが正しいのか、勝負しているわけですから」

# 第2章　原点から学ぶってことが必要

## 役者とインナーボイス

〝引退宣言〟騒動以来、倉本聰が近年のドラマ作りに対して抱いていた違和感。それは「イライラさせられる」ほどの激しいものだったが、視聴率至上主義やシナリオライターの役割に限られていたわけではない。役者の演技と演出についても同様だ。

「シナリオライターには2つの仕事があると話しましたが、テレビの演出家の仕事にも2つある。ひとつは役者に演技をつけて動かす、〈演技演出〉と呼ばれるものです。もうひとつが〈中継演出〉という仕事です」

演技演出とは役者の芝居についての演出で、中継演出とは役者が演じている「場」を映像化する演出のことだ。「中継」という語はテレビ草創期に由来する。当時は全て生放送であったため、いわばドラマもスタジオからの中継だったのである。

「演劇の知識もあまりない助監督たちが監督のカット割りを真似して、役者の演技をそれに合わせちゃう。これは嘘ですよね。

たとえば、この打席でイチローがメジャー通算3000本安打を打つからとアップを撮ったり、細かくカットを割ったり、揚げ句の果てにヒットの飛んでくる箇所にカメラを構えていて、球が飛んできた途端に音楽をかぶせたとするでしょう。すると、野球中継ってのは一気に面白くなくなってしまいます。何が起こるか予測不能だから面白いわけですから。芝居も同じで、あくまで演技演出が先にあって、その次に事態が起こって、それを中継演出するのが本来のあるべき演出の仕事だと思うんですね」

ドラマの生命線は演技であり、芝居であると倉本は言うのだ。どんな映像で、つまりどんなカット割りで見せるかということ以前に、しっかりと芝居を演出することが重要だと。

「僕も富良野塾というのを26年間やって、役者を指導してきましたが、苦労の連続でした。スタニスラフスキー［ロシア・ソ連の俳優、演出家。ロシア革命やレーニンの時代に、役者が役柄の内面や感情を追体験することを提唱した人物。教育法は「スタニスラフスキー・システム」と呼ばれた］から米国のメソッドまでをベースに教えたつもりなんですけれど。

例を挙げれば、役者がものをしゃべらないでいるときに何を考えているか、頭の中をどう見せるか。役者はインナーボイスをどれだけさらけ出して見せてくれるかっていうのが仕事なんですね。それができてこそ演技の幅が出てくる。それを演出してくれないんですよね、演出家も。正直いうと、それが90年代に入ってからの〝もうドラマはいいかな〟っていうのにつながってきて。舞台をやると直接自分が演出できるから、舞台に専念しようと思いました。当時、それがテレビ離れの一番の理由ですね」

そういえば、『やすらぎの郷』の中で「昭和48、9年以前のテレビ作品は消却されて殆んど残っていないンです！」というセリフがあった。倉本にしては珍しくセリフにビックリマークが付いている。相当な怒りがあったことがうかがえるが、かつてのドラマの映像が残っていないという事実は重い。

「テレビ局は僕らの知的財産を奪ったわけですから。僕は2016年に終活っていうのをやったんですね。不動産やら遺産やらわずかながらあるわけですが、その中でも最も大きな割合を占めているものは、知的財産権だといっても過言ではありません。作品を創作した著者に帰属する著作権をはじめ、作品の再放送、付随する出版物に対する印税など、創作者の矜持として認められるべきものが、驚くことに、昭和48年（1973

年）以前の作品は映像がほぼ消えてしまっているわけです。

これはもう誰か訴訟を起こしてもおかしくない犯罪だと思っています。誰も起こしませんけどね」

ＴＢＳ出身の実相寺昭雄監督も生前、「放送局側に管理保存の意識がなく、その手間や費用を惜しんだんだよ」と憤慨していた。テレビ局は著作権者に断りもなく、作品を処分していたのだ。二度と見ることが出来ない視聴者にとっても大損害だが、倉本の怒りは正当なものだろう。倉本のテレビ界に対する憤りは、『やすらぎの郷』の第63話にも現れている。「今のホン屋（脚本家）は人を書くことより筋が大事だとカンちがいしてるからな。視聴者は筋を追うより人間を描くことを求めてるンだけどな」という主人公の脚本家・菊村栄のセリフだ。シナリオについての指摘だが、これも倉本の実感ではないのか。

「実感ですね。筋と呼ばれる、いわば、おおまかな展開から描いてしまうと、人のことを考えていないから、（登場人物たちによる）化学反応が期待できない。

ＡとＢが出会った瞬間からしか考えていなくて、とりあえず、都合よく出会わせてしまえっていうね。役者でたとえるなら……最近の役者の名前知らねえからな。ええっと、昔の役者でいえば、ショーケン［萩原健一］と桃井かおりが出会うのと、草刈正雄と大原麗子が出会うのでは、役者同士だけ見ても違うと思うんですね。そこにおのおののキャラクターを設定し、ぶつけ合った時にどんな出会いになるのか、化学反応が起きるのか。そこを考えるのがドラマ作りの中で一番面白い。まさにドラマ作りの醍醐味でもあるって僕は思っているけど、そういう脚本家、今はどれだけいるんでしょうか」

## 倉本流の異性の描き方

倉本は『やすらぎの郷』で、男性には理解しがたい女性特有の悩みや心情にもタブーを恐れず斬り込んでいた。菊村（石坂浩二）が女優の三井路子（五月みどり）から、女性の3つのターニングポイントを盛り込んだ芝居の台本を依頼される。そのターニングポイントというのが「処女喪失」、「男に金で買われる」、「男を金で買う」という3つであったものだから、話題になった。

「あれなんか、五月（みどり）さんに本当に書いてくれと頼まれた話ですからね。いつぞや聞いて、仰天して。その数日後、たまたまある料理屋のカウンターで飲んでいたら、山田五十鈴さんと一緒になっちゃって、五十鈴さんとは特別親しい間柄ではなかったんですが、この話をしたら、大飲んべえの五十鈴さんのグラスを持つ手が止まっちゃって、〝五月さんて、凄い方ねえ〟と言った。あれだけ男遍歴の多かった五十鈴さんが驚かれたのは、ものすごく心にしみましたね。

実話じゃないとあんなこと、僕、思いつかないですよ」

言われてみれば、女性が主人公の作品をあまり積極的に書いていない印象がある。

「書きづらいというか、女性の心理が分からない。女っていうのは、まず、みんな、年上に見えちゃうんですよ。いまだに15、16歳ぐらいの女の子を見たら、もう年上だって感じ。なんだか見透かされている気がして。自分の思考が12歳ぐらいで停止しているんですかね。若いときからダメですね。だから、恋をするのにも苦労します」

菊村は「シナリオを書く際には疑似恋愛までする」と言っていた。

「やっぱり、ある種、しないとダメですよ。ライターは常に疑似恋愛しています。疑似恋愛してラブレターを書くような気持ちなわけですが、男の登場人物でもある種、そうなんですよ。ただし、男に対しては、相手役の女の子の身になる。そう考えると、無数のラブレターを書いています。相手の女優さんから自宅に電話がかかってこようものなら、女房がいると、内心、ドキッとしたりしますよ。なにがあるわけでもないのに。

書き終わると、疑似恋愛も終わる。ときには振られたって感じで失恋に終わることも。得恋にはならないですよね、なかなか」

八千草薫が演じた大女優・九条摂子が、若い頃、特攻隊員を前に一緒に食事をしたというエピソードも印象的だった。

「森みっちゃん「森光子」だったか高峰三枝子さんだったか、木暮実千代さんだったか。誰から聞いたか記憶が定かではないんですが、〝たまらなかった〟っていうのはおっしゃってましたね。普通の慰問とは違う形で飛行機だかトラックだかに乗せられ、何も言われないままテントに入ったら、20代の特攻隊員がズラーッといて。隊員たちもビックリしている中で一緒に食事をして。ただ、この話は世の中に史実として残っていない。

戦争経験者で存命の多くは大正や昭和初期から生きてきて、戦後もバブルも体験し年老いてきた人間の集合体です。当たり前ですが、芸能界に入る前にそういう何かを背負った過去があってしかるべき。だから僕は履歴書を丹念に作るんです」

## 架空の人物たちの履歴書

「登場人物ひとりずつの履歴書を作ると、どこでAとBが出会うのか。これまでにそれぞれが形成してきた履歴やキャリア、はたまた、Aという性格とBという性格が向き合った時に起こる化学反応こそがドラマだと思うんですね、僕は。履歴書をしっかり作らないとドラマが湧きようもなく、〝根っこのない木〟になってしまう。根っこがなければ木は立つわけがないのに、強引に立たせたフリをして、花を咲かせたり、葉を茂らせたり、実をつけさせたりしている書き方っていうのは違いますよね」

登場人物の履歴は、演じる側にとっても大事な足場になるはずだ。

「その通りです。履歴には大履歴、中履歴、近履歴っていうのがあって、それぞれ、大過去と中過去と近過去をさすわけですが。大過去は生まれた時から社会に出るくらいまで、中過去はいまの境遇をつくった時、そして、近過去はこの現場でカメラの前に立つ前にあなたは何をやっていたかってことなんですよ。

たとえば、駆け出しの役者なら喫茶店でお茶を出すような小さなキャリアから始まりますね。その時に昨日からお茶を出すまでに何があったのか。恋人から別れの電話があった状況でお茶を出すのと、結婚を申し込まれた状況で出すのとでは違うでしょう。演技だって変わってくるはず。そういう足場、少なくとも近過去は、個々の役者が組み立てなくちゃいけません。でも、日本の役者はやらないから、お茶を出しながらのインナーボイスが見えない。外国の役者にはそれが見える。ロバート・デ・ニーロやアル・パチーノには確実にあるし、一番凄いのは、アンソニー・ホプキンス。内面で何をいっているのか分かりますよ」

初めて倉本から『やすらぎの郷』の企画の話を聞いた時、主人公・菊村の履歴書も見せてもらったが、倉本聰本人と重なる部分が多かった。

「年齢は合わせましたが、それは碓井さんが僕を知っているからそう思うわけで。菊村には、阿久悠《あくゆう》も入っていますよ。それに若干、久世光彦《くぜてるひこ》［TBS系『時間ですよ』などの演出家］も。同世代の複数の人間の要素によって形成されるわけで、菊村を僕だと思われると迷惑な話でね。女房も生きてますし、駆け出しの女優と浮気したなんて言われちゃうと困っちゃう」

なるほど。若い女優との色恋沙汰は、久世と思えばよいのか。

「そうです（笑い）。冗談じゃないですよね、どんな顔してカミさんに会えばいいのか」

ただ、石坂浩二も「僕が演じる菊村栄は、倉本先生そのままだ」と言ったとか。

「それは違うんですね（笑い）。そこがあいつの浅いところですね」

## 役者との関係

主演に石坂をキャスティングした決め手はなんだったのだろう。倉本の『2丁目3番地』（1971年、日本テレビ系）での初共演の夫婦役がきっかけで、石坂浩二は浅丘ルリ子と結婚し、その結婚生活は約30年に及んだ。再び倉本ドラマで、しかも結婚から46年、離婚から17年で共演したことも話題だった。さらに加賀まりこは石坂浩二の元交際相手である。〈やすらぎの郷〉内にあるバー、「カサブランカ」でのスリーショットなど、一視聴者としてドキドキさせられたというか、見ていておかしかった。何しろ元ヨメと元カノが両側にいるのだ。まさに虚実皮膜の面白さだった。

「兵吉［石坂浩二の本名］の良さは品格があること。それから常識的な人間であること。今回、前もって浅丘ルリ子と加賀まりこと話していた時から兵吉の名前は出てましたよね。〝あなたたち平気なの？〟って聞いたら、〝全然平気よ〟って。じゃあ、気は合ってんだからっていうんで、あとはとんとん拍子に。

僕の身になってみれば、兵吉がルリ子にプロポーズした時に現場にいましたしね。お台場に移転する前の、曙橋にあったフジテレビで兵吉から〝一緒に行ってくれ〟って言われて、僕の車で浅丘家に。おまけにフジの局舎前には感づいたマスコミが張っていたんで、裏口に回ろうって画策したりね。駐車場で大の大人があれやこれやと。彼らはそんな経験も経ているんですよ。

当時のルリ子は小林旭のような力強い男のほうがタイプだったから、兵吉みたいにナヨナヨしたのは嫌だったんじゃないですか。でも、兵吉がルリ子に告白した時も僕はその場にいましてね、よく覚えているんですが。打ち上げの熱海の大野屋っていうホテルで兵吉は泣いちゃったんですよ。泣き口説きで〝離れるのが寂しい〟って。僕はその脇にいて、森みっちゃんの上に馬乗りになって腰を揉んでましたよ。で、ルリちゃんが〝兵ちゃんかわいそう〜〟って抱きしめたんですね。僕は知らんぷりして腰を揉んでいたっていう。

家族みたいなものですね。役者の世界とライターの世界は違う。演出家と役者の関係は近くても、ライターと役者の間には距離がある。『2丁目3番地』の時は制作側からもお願いされてホン読みに参加したと思うんですけれど、ライターは基本、孤独な作業。現場にあんまり顔も出さないわけですが、俳優さんとは深く付き合うようにしていた。その人の性格を摑んでからじゃないと書かないっていうのを鉄則にしていたんですね。たとえば女優さんって鎧《よろい》をつけてるんですよ。その鎧を外さないと欠点が見えない。

欠点を書いてあげないと個性にならない。長所が見えたところでなんにもならない。恋愛って普通、長所を見ちゃうじゃないですか。だから、わりと破綻するでしょう。それと似たようなもので、欠点から入って書くといい。

口のデカい女優さんがね、それを欠点だと思っていると、隠そうとして口が小さく見えるようメーキャップする。逆なんですよ。大きくしてやったほうが個性につながってくる。岸田今日子がひとつの例ですけれども」

だが、目に見えるならまだしも、内なる欠点を見つけ出すのはかなり難しい。

「ですからね、八千草さんの場合は、1年半かかった。マネジャーに聞いてもさっぱりなんだから。

『おりょう』［八千草が初主演した倉本ドラマ。71年、TBS系「東芝日曜劇場」。制作は中部日本放送］のときだって、本当は〝あの人のおならの音が分からないと書けない〟って一度断ったんです。ですが、そのあと、八千草さんから電話がかかってきて、〝私のおならの音、分かりません？〟って言われて、慌てちゃって。

そうしたら、八千草さん、ふっとまじめな声になって〝でしたら、新珠《あらたま》さんのおならの音も分かりませんでしょう？〟って。僕はちょっとドキッとした。この人は、新珠三《み》千代《ちよ》さんに対して嫉妬心を持っているんだっていうのが分かって。それからですね、書けたのは」

## 女優・大原麗子への思い

大原麗子の過去の映像が使われたシーンも印象的だった。劇中、芸能界の人間だけが入れる老人ホーム〈やすらぎの郷〉を開設したのは〝芸能界のドン〟加納英吉（織本順吉）であるとされる。だが、なぜ彼が〈やすらぎの郷〉を作ったのか。その理由が明かされたのは第121話。可愛がっていた女優・大道洋子（大原麗子）の死に衝撃を受けたというのだ。

加納の旧友で元首相秘書の男が説明する。「彼女には仕事が全く来なくなり、彼女は精神に異常を来し、そのため友達もどんどん離れ、芸能界から忘れられて――3年くらい経っていましたか――アパートで独り死んでいるところを、死後1週間たって発見された。あの事件が全てのキッカケでしたよ」。そして125話で菊村たちは大道洋子の思い出を語り合う。

マロ（ミッキー・カーチス）「可愛かったからなア！　あの時代の洋子は」
大納言（山本圭）「市川崑さんの撮った有名なウイスキーのCMがあったよなア」
マロ「うン」
大納言「あン時の洋子、最高だったね」
［中略］
洋子のCMの声がささやく。
声（大原麗子）「すこし愛して。なが～く、愛して」
栄、グラスを口へ運ぶ。その目から突然涙が吹き出す。
はるかから流れてくるトランペットの音。

「もう懐かしいなあ」

大原はドラマの黄金時代を生きた女優のひとりだったが、その最期は孤独死に近いものだった。倉本の『たとえば、愛』（79年、TBS系）でも主演しているが、倉本にとって特別な女優だったのではないか。

「ええ。**僕が富良野に住みついたときに一番最初に泊まりに来たのも麗子でしたしね。**

ギラン・バレーの症状が出始めた頃だったのではないでしょうか。とにかく、高倉健さんを紹介してくれたのも麗子だし、深かったですね。〝絶交！〟って電話を叩き切られたこともあります。森みっちゃんにも、ルリ子にも、まりこにも深夜に電話して延々しゃべるもんだから皆、困り果てるっていうね。

このドラマの準備で最も時間をかけたのは、〈やすらぎの郷〉という施設の成立要因。加納英吉がどれだけの資本金をもって、どういう事情でやることにしたのかっていう根っこの作業です。芸能人だけの老人ホームの話を描いた仏映画『旅路の果て』（48年公開）があるんですが、最後に破綻しかけるんですね。そうならない方法や基金は何かって。

〝加納英吉のモデルは周防さん［郁雄。バーニングプロダクション代表取締役社長］ですか〟とよく聞かれるんですが、そうじゃない。もっと大物で、小佐野賢治、児玉誉士夫《こだまよしお》、あるいは甘粕正彦《あまかすまさひこ》大尉［関東大震災の際にアナキストの大杉栄を殺害し、服役後は満州に渡って満映〈満洲映画協会〉の理事長を務めた］のような人物なんですよ。

甘粕は陸軍でしたが、加納には元海軍参謀という過去を持たせました。〈暴力犯の陸軍〉に対し〈知能犯の海軍〉といわれたぐらい海軍の能力は秀でており、その「頭脳」

を担っていた参謀たちは明晰かつ結束が固かった。海軍参謀とは終戦時に極東裁判で海軍からはA級戦犯を出さないっていう運動をするような組織。NHKスペシャル『日本海軍　400時間の証言』（2009年）を見て、海軍参謀の面白さを知ったのは大きなヒントになりましたね」

**脚本とキャスティング**

世にいう「倉本伝説」のひとつに、キャスティングが決まらないと書かないというものがある。倉本はキャスティングにどう関わっているのだろうか。

「プロデューサーには相談しますが、僕自身が決めるわけではありません。2005年放送の『優しい時間』（寺尾聰主演、フジテレビ系）のあたりからは若い役者について全く知らないですからね。主要キャストを担ったニノ（二宮和也）も、長澤まさみも知らなくて、『タレント名鑑』を見せてもらいました。17年秋に行われた東京ドラマアウォードの授賞式［『やすらぎの郷』で脚本賞を受賞］でも、新垣結衣《あらがきゆい》を知らなくて、〝あの人誰〟って聞いたぐらいですから。

興味のある女優さんには、あらかじめ会わせてもらいますね。『風のガーデン』（08年、フジテレビ系）の黒木メイサ［中井貴一演じる主人公の娘役として起用された］も、興味を持っていたので何度か会ったんですよ。

数年前には剛力彩芽にも会わせてもらって。いい女優だなと思ったんですが、起用には至っていません。

男として女に惚れる場合もそうなんですが、こういうタイプだから使ってみたいとか、こういう趣味だから好きだとか、決まった好みってないんですよ。出てきて良ければ、ハイって感じです。特に女優の場合は容姿ではなく、センスが放つオーラのサムシング。これが失われていくケースが往々にしてあって、日本のエージェンシーは下手だなって思いますね」

使い捨てとまではいかなくても、役者やタレントを長い目で見ていない、育てようとしていない事務所もある。売れるうちに全部売っちゃえ、というような。

「この間もね、ある女優さんとマネジャーさんと一緒に食事する機会があって。〝CMは今、何本出てるの？〟って聞いたら〝９本〟って言ってたかな。

業種のかち合わないスポンサーのオファーが13本あるんですって。マネジャーは〝９本出ていても、あと４本ある〟って言うもんだから、そういう発想もあるのかって驚いたわけですが」

『やすらぎの郷』の1話当たりの放送時間は通常ドラマの4分の1程度。やりにくくはなかったのだろうか。

「僕、コマーシャルを結構撮っているんですよ。コマーシャルは1本当たり15秒程度。フィルムは1秒が24コマなんですが、削りに削って短い時間の中で勝負する。だから15秒ではなく、もしも1分間与えてくれたら、さらに面白いものができるだろうって考えていたので、この実質15分程度の尺《しゃく》はとてもやりがいがありました。

昔ね、東横映画のマキノ光雄さんが、〝この映画にはドラマがあってもチックがない〟といった有名な話があるんですが、僕、この言葉がとっても印象に残っているんです。映画からテレビに移ったときに、映画は、〈ドラマ〉だけれど、テレビは、〈チック〉が大事だなって思った。〈ドラマチック〉って言葉がありますでしょう？　テレビはむしろ〈チック〉のほう、細かなニュアンスを面白く描くのが神髄じゃないかなって」

それはつまり、テレビドラマは本線、ストーリーだけでなく、一見物語とは無関係な寄り道みたいなシーンによって豊かなものになるということだろうか。

「この世界に飛び込んだ当時、〝構成力が弱い〟と指摘されたことがあるんです。それで橋本忍さん［『七人の侍』などの黒澤明監督作品や野村芳太郎監督『砂の器』で知られる脚本家］や菊島隆三さん［『野良犬』『天国と地獄』など黒澤作品多数］とかのシナリオをいったん書き写し、今度は時系列の起承転結に戻すみたいなことを繰り返して勉強した。そして見えてきたのが映画の〈ドラマ〉とテレビの〈チック〉でしたね」

例えば『やすらぎの郷』で言えばどのシーンなのか。

「ミッキー・カーチスと山本圭と石坂浩二が海岸でしゃべるお馴染みのシーンがあったでしょう。まさにあそこは、〈チック〉。物語の進行にはさして影響がないシーンで、〝死んだ女房にあの世で会うとき、ボケた女房がいいか、昔の女房がいいか〟とかウダウダと話すだけ。

テレビドラマでは、ああいうシーンこそ大事だと思っています」

倉本脚本では〈間《ま》〉という文字をよく見るが、『やすらぎの郷』のシナリオではあまり多くない。脚本で細かく指示しなくても、あれだけの役者たちなら大丈夫だと思ったのだろうか。

「そういうわけではないですね。正味15分で〈間〉を多用したら尺が足りなくなり、結果、作品として成立しないだろうと思ったんですが、そのあたりは撮影台本としての未熟さであり反省点です」

これまでも倉本はアンソニー・ホプキンスやメリル・ストリープの名を挙げて、声に出すセリフとは別の、表情やたたずまいが発するインナーボイスの重要性を強調していた。

「日本にもインナーボイスのひとつである腹芸があります。言わなくても分かるっていうね。でも、いつのころからか軽んじられてきちゃいましたね」

## リアルな死と終活

半年間の連ドラという長丁場に不安はなかったのだろうか。

「一番の心配は、役者に死なれては困るということ。そして、それ以上に僕が死んだら困るということでしたね。仮に役者の替えはきいても、俺には代わりはいない。とにかく死ぬ前に何としても書き終わらねばならない。常に頭の中に死というものがちらつき、毎朝起きては〝生きてた、生きてた〟って。

ドラマの構想は15年秋には固まっていたとはいえ、実際にシナリオを書き出したのは16年4月20日だったでしょうか。それで、8月20日までの4カ月間で全129話を書いたんです」

半年分のシナリオが、撮影前に全話書き上がっていることなど異例である。

「僕が死んじゃったらアウトだと思いましたから。だいたい、準備期間中に、加藤治子さんと風見章子さんが亡くなりましたからね。2人とも本当は出てもらうつもりでした。それでまあ、死なそうな人たちにオファーしたわけですが、野際（陽子）さんがああいうことになってしまって」

野際は放送中の17年6月13日、肺腺がんで亡くなった。

「実は石坂浩二が一番危なかったんですよ。死ぬ、生きるっていうんじゃないけれども、脊髄を傷めて、16年の年末に倒れちゃった。1カ月以上、撮影の空白期間ができて、もうダメなんじゃないか、俺が代わりに出るしかないと本気で思いました（笑い）。

執筆中は多少の無理はしようと思って、毎朝2時か3時に起きていました。というか、自然と目が覚めちゃって。それからすぐに書き出し、7時までに1話書いちゃう。たいした分量ではありませんが、その後、寝る。また起きて、昼飯食って、考えて。2、3時間の昼寝をして、夕方起きて、また半分ぐらい書くわけです」

つまり1日に1本半、かなりのハイペースである。

「ときには2本書いたりして。毎日がその繰り返しでした。その間、舞台も2本やりましたから、何が何だかよく分からない生活を送って。でも、フル稼働していると人間の脳ってのはドーパミンが出てきて元気になるんですよ。体は疲れるけど」

かつて倉本から「健康と元気は違う」という名言を聞いたことがある。

「あれはね、僕の言葉じゃないの。大滝（秀治）さんが緒形拳に言ったんですよ。しかも、肝がんで余命1年と宣告されている緒形さんに向かって、大滝さんが実際に言っちゃったセリフ。

〝凄いこと言われちゃった〟って緒形拳が僕に教えたのでよく覚えている。おまけにたばこ吸ってる僕はこんなに元気なわけですから、本当に名言です。

常に死を意識しながら4カ月間に及ぶ執筆期間を過ごしたんで、何はともあれ遺書は書いとかないとまずいなと。でも正式な遺書の書き方が分からない。それで昔から懇意にしているメガバンクの頭取に相談して、信託の担当者を紹介してもらったんです。

終活っていうのは、自分の戸籍謄本を何本も取るところから始まるんですね。どこにどんな係累がいて、どこに何パーセント渡さなければいけないかっていうことを把握していく。もちろん、財産目録はあるんですが、知的財産権が一番厄介でしたね。

というのも、死期は誰にも予測不可能な上に、向田（邦子）さんのように死んだ後にやたら本が売れるっていう人もいるわけですからね。とりあえずは、直近数年間の印税やギャランティーなどをベースにして統計学的にいくらになるのかを計算し、それを基に遺言を書く。

公証人っていうのは全国で500人ぐらいしかいない上に、彼らへの報酬にも驚いた。公正証書作成手数料や出張費、日当など合算して何百万か払うほか、変更するたびに何十万かを払う。えらいことなんですよ。

ドラマの中の菊村も第1話でお寺の住職に遺書のようなものを預けていた。

「ええ。ただ、あの時点であの人は終活を知らないんですよ。のちにミッキー・カーチスに言われてやっと少し分かってくるわけですね。

僕自身、『やすらぎの郷』を書き出したときには分かっていなかった。富良野にお墓を買ったのは、あのドラマの放送中なんです」

『やすらぎの郷』では、テレビ草創期を支えた無名のテレビマンたちのエピソードがいくつも紹介された。紙吹雪ではなく溶けて消える雪を開発した美術スタッフ。撮影不可能なカメラアングルをアイデアと工夫で実現しようとしたディレクター。それらは、すでに亡くなった先輩や仕事仲間に対する敬意と鎮魂であろう。

「あの頃はみんな若かったけど、ほとんどが向こうの世界に行きましたから」

第71話では、吉川正澄《きっかわまさずみ》〔故人。倉本と麻布中学から東大まで同期で、TBSを経てテレビマンユニオンを創立した〕も、当時の先鋭的な作り手の役で登場した。その吉川プロデューサーの後輩で「碓井ディレクター」というのが出てきたのにはびっくりした。

「あの回では菊村に〝少なくともあの頃。テレビの創成期。我々は創意に輝いていたのだ〟と言わせたんですが、単なるノスタルジーではなくて、テレビも原点から学ぶってことが必要だと思いますね」

# 第3章　10年ぐらいの修業を経ないと絶対続かない



## 「伊吹仙之介《いぶきせんのすけ》」誕生

のちに脚本家・倉本聰となる、山谷馨《やまやかおる》が生まれたのは１９３５年（昭和10年）のことだ。父の太郎は東京帝国大学で応用化学を学んだ人で、倉本の祖父が興した日新医学社を引き継ぎ、医学出版の日新書院を営んだ。その一方で、太郎は水原秋桜子主宰の『馬酔木《あしび》』の同人として多くの句を詠む俳人でもあった。

そんな太郎が息子の教育で重視したのが「音読」だ。倉本は五歳の頃から宮沢賢治の『風の又三郎』や『銀河鉄道の夜』などを毎週一冊音読したという。やがて成長する中で、読むだけでなく書くことにも目覚めていったのだろうか。

「やっぱり、最初は小説だと思います。中学2年の時に初めての小説を書いたんですね。『流れ星』っていうタイトルの。麻布中学の校友誌『言論』っていう雑誌に出た。しかもこの雑誌が、もうないと思っていたらつい最近、現物が1冊出てきちゃったんですよ。見てみたら、すでに〈伊吹仙之介〉っていうペンネームを使ってるんです」

後年、自身のドラマで使われることになるペンネームだ。

「その頃、戯曲の世界にのめり込んでいたので、近代演劇の父といわれるノルウェーの劇作家、ヘンリック・イプセンから取って（笑い）。『流れ星』は学童疎開の話を書いた小説で、後にこの小説をベースに脚本を書いたのが『失われた時の流れを』（90年、フジテレビ系）。『北の国から』の杉田成道が演出したドラマです」

中学2年で戯曲にのめり込んでいたという早熟さ。しかもこの少年が書いた小説が、何十年かを経てドラマという形に実を結んでいるのだ。

「そして、大学1年の時に『雲の涯』っていう戯曲、つまり演劇の台本を書いたんです。これも台本の実物が出てきたんですが、その頃は台本を書く時に、原稿用紙は高価だったので、僕はずーっと大学ノートに書いていました。下書きは全部、チラシの裏でね。原稿用紙を使ったのは随分後の話で、恐れ多くて使えなかったですね。『雲の涯』は、後に東映の映画監督になる中島貞夫が舞台の演出をしました。

中島とは東大文学部の美学科で出会いました。ちっとも授業に出ない僕を、定期試験前に特訓して助けてくれたりして。もう随分長い付き合いです。

その頃には並行して小説も書くってことはなかった。もう切り替えた、ですね」

なにかきっかけがあったのだろうか。

「芝居や演劇、ラジオドラマにのめり込んだんですね。世の中に出た一番最初の作品は、確かラジオ青森（現・青森放送）だったと思うんだけど、『鹿火《かび》』っていうラジオドラマでした。当時の僕は〈劇団仲間〉に参加していて、地方公演で東北を回っていたときに、ラジオ青森が〈仲間〉のメンバーをキャストにしてドラマを作るので、おまえが台本書けってことになったんです。『鹿火』はダムに沈んじゃった村の話で、30分のラジオドラマ。〈伊吹仙之介〉で書いた、脚本家デビュー作です。

大学4年の時、当時は新日本放送だった今の毎日放送から、劇団を通じて連続モノの依頼が来た。それで初めて書いた連続ドラマが『この太陽』です。ラジオドラマで予算がないから、キャスティングは女優1人と男優1人。加藤治子さんと大木民夫です。男は全部大木がやる、女は全部加藤さんがやることにしました。

実はそのラジオドラマがオンエアされたのは、ニッポン放送に就職が決まった頃なんです。ちょうど1959年（昭和34年）の一月ぐらいから放送されたんですが、ニッポン放送に入社したのにバレると大変だっていうんで、こちらも〈伊吹仙之介〉のペンネームでやった記憶があります」

『この太陽』は牧逸馬（長谷川海太郎のペンネームのひとつ）の恋愛小説が原作のドラマだったが、すでに倉本聰の名前になっていたはずである。岡山の実家の屋号である「蔵元」と倉本の妹の名「聰子」から取ったという話を聞いたことがあるが。

「倉本聰でやったのか、大胆だったなあ（笑い）。それでね、加藤治子さんは、加藤道夫さんの奥さんでしょう？　加藤道夫さんには実際にお会いしたことはないんだけど、学生時代から私淑していました。加藤道夫さんが自殺なさった時、僕は浪人中でしたが、世田谷区のご自宅周辺をうろついたぐらいで（苦笑い）」

享年35で夭折した劇作家の加藤道夫は当時、『なよたけ』『思い出を売る男』といった名作を次々に世に出す、いわば「天才」だった。そんな加藤道夫が認め、妻とした加藤治子と仕事をするのは倉本にとって……。

「大興奮でした。当時の話をしましたら、すぐ〝お茶でも飲みましょう〟って言われて。プロの女優さんと飯食ったのは加藤さんが初めてでした。興奮しますよね。ああいう時って。

あの頃、戦後出てきた日本の劇作家では、木下順二と加藤道夫は双璧だったんです。それ以前に、久板栄二郎さんとか、久保栄とか、真船豊とか、岡本綺堂とか、そこらへんから僕は戯曲に入っていったわけで」

### 大学時代

「長谷川伸さんっているでしょう?」

倉本が突然、『沓掛時次郎《くつかけときじろう》』や『瞼《まぶた》の母』の劇作家の名を挙げた。

「実は僕、遠い親戚なんですよ。でも、親戚筋であることをずっと伏せてた。というのも、僕と長谷川さんは血はつながってないんです。『瞼の母』は、彼の実話を基にしたヤクザの話で、主人公が数十年ぶりに幼くして生き別れた母を訪ねると、そこにはすでに何人かの子どもがいる。その子どものひとりが僕の伯母なんですよ。で、僕が〝芝居を書き始めた〟って言ったら、伯父が〝長谷川さんに紹介するから会いにいけ〟って言ってくれて。でも、ちょっと恐縮というか、遠慮しちゃった。行っときゃよかったんですけどね」

当時長谷川は、新派時代劇の大御所だった。

「映画界に入って売れ始めの頃、僕なんか散々チンピラ扱いされるわけです。でも、〝実は長谷川伸の遠縁なんです〟と言ったら、周囲の態度がガラリと変わった。東宝の大プロデューサーなんか、〝えっ！〟なんてね（笑い）」

倉本が若い頃の同年代の有名人と言えば、いまやノーベル賞作家となった大江健三郎が思い浮かぶ。倉本が東大文学部にいた頃に、大江はやはり東大在籍中で、学生作家として華々しくデビューしていた。

私のテレビマンユニオン時代の大先輩に吉川正澄がいた。倉本とは麻布・東大と一緒で、本人によればかなりの文学青年だったそうだ。だが、大江にスポットが当たり始めたとき、「こんなやつが出てきたら太刀打ちできない」と思って小説家を諦めたと私に語っていた。倉本にとって大江の存在はどう映ったのだろう。

「大江は仏文でしたが、同期です。彼は大学4年で『飼育』［第39回芥川賞］や『芽むしり仔撃ち』を発表した。同期には、後に『徳山道助の帰郷』を書いた柏原兵三《かしわばらひょうぞう》［第58回芥川賞。東大独文］もいて、この3人で鼎談をさせられたんですよ。そのときのことを講演会などで〝3人一緒に文学やってたけど、ひとりはすごく感じのいい柏原、もうひとりは感じの悪い大江だった〟って話をすると大ウケでしてね。どうやら大江も同じようなことを自分の講演で言ってたらしく、〝感じの悪いのは倉本聰だ〟って（笑い）」

鼎談には芝居の人、演劇の人として呼ばれたのだろうか。

「すでに大学1年の時に『雲の涯』を書いていたから、物書きですね。僕はジロドゥ〔フランス人劇作家のジャン・ジロドゥ〕に傾倒し、大江はサルトルに傾倒していた。ジロドゥとサルトルも仲悪かったんです。

僕はあいつの小説を読んで、訳が分かんなかったですね。大江本人に〝何がいいんだって思ったよ〟と伝えたら、〝僕の作品は（文芸評論家の）平野謙も認めてくれたんだから〟とか生意気なことを言ってました」

若き日の倉本聰は、文学青年である以上に演劇青年だったということだ。

「僕ね、実は学生時代に〈劇団四季〉を受けたんですよ。ジロドゥが好きだから〔劇団四季は当時、ジロドゥの作品を上演していた〕。それが四季の文芸部を受けたつもりがね、浅利慶太がいて、〝役者の試験も一応します〟って言われた。でも、麻布時代から合唱か音楽をやっていたから、セリフや音感は自信がありましたね。

テストでは北村昌子相手にセリフを言いました。音楽は間宮芳生がピアノ弾いて〝あああああー♪〟って音感を試されましたが、これは全く問題なかった。

筆記試験で隣に座ったやつは僕に〝答えを写させろ〟と言うんで写させてやったわけ。そのあとパントマイム試験っていうのもあったんですが、全然分かんなくて。で、そいつに〝パントマイムってなんですか〟って聞いたら、〝ジェスチャー、ジェスチャー〟って（笑い）。

出題もひどかった。あなたは今、死の世界にいます。窓の外を見ると一輪の花が咲いています。あなたはそれを取ろうか取るまいか迷います。取ったら現世に戻れるかもしれないし、取ったために死の世界から永遠に戻れないかもしれません。さてあなたはどうしますかっていう。それをパントマイムでやれっていうわけ」

いかにも〈四季〉らしい出題だが、ハードルは高い。

「でもやったんですよ。それで、その晩、東中野の駅前のバーに飲みに行ったらね、僕の答案をカンニングした張本人がいた。それが山田吾一［人気ドラマ『事件記者』（1958〜66年、NHK）などに出演した俳優］です。

それで山田は受かって、僕は落ちちゃった。落ちるっていうよりもね、東大の山下肇と小宮曠三という2人のドイツ文学の先生に呼び出されて、〝四季はやわ（軟弱）だからやめなさい。それより〈劇団仲間〉がいいからそこに行きなさい〟って言われて、主宰者の中村俊一に会いに行き、即決めちゃった」

その後、倉本はほとんど大学に行かなくなった。

「毎日、〈仲間〉に通ってパンフレットや新聞の編集をしながら、芝居の稽古を朝から晩まで眺める。最高の勉強でしたね」

当時の劇団は給料が出ないはずだ。完全に自腹だったのだろうか。

「編集の作業で50円ぐらい出たかな」

当時の50円は、コーヒー1杯くらい。

「他に家庭教師のアルバイトも3口やって。ええ。割のいいアルバイトで結構稼いでたんですよ」

大学進学率などまだまだ低かった時代の東大は、今どきの大衆化された東大とは違った価値をもっていたはずだ。

「そうかもしれないですね。でも、麻布が東大進学校だっていうのは僕らの後。当時の麻布はそんな進学校じゃなかった。ただ、自由がある校風の、何でもありの学校ではありましたね。

ユーモア感覚もあって、先生のあだ名の付け方がシャレてました。当時は終戦直後だから皆住む家がなくて、戦争帰りや焼け出された先生たちが学校の音楽室とか理科室とかに住んでたんです。

頭がつるっぱげの数学の先生がいて〈ワット〉ってあだ名が付いてたんだけど、その隣にフルヤさんっていう前任の教頭の未亡人が暮らしていて。いつしか生徒たちの間では、あの2人の仲が怪しいっていう話になり、未亡人には〈ソケット〉とあだ名が付いたんです（笑い）。

おまけに旦那のフルヤさんはその昔、〈猿股〉っていうあだ名だった。で、イグマさんっていう、その昔はヤクザだったっていう説も飛び交うくらいおっかない教頭がいて、毎朝、校門の脇に立って洋服なんかをチェックするわけですよ。そんな教頭が学校に出入りか何かがあってクビになりかけた時、フルヤさんに助けられてクビがつながったんです。

それからは〈猿股〉に助けられたイグマさんには〈おちん〉っていうあだ名が付いて。それで、僕が当時作った『麻布枕草子』に〈おちんはいとおかし、毎朝校門の脇に立ちておるよ〉っていう文章を書いた」

倉本ドラマの登場人物たちには秀逸なニックネームが多い。麻布で鍛えられたからだったのか。

「ええ。当時は上の学年にフランキー（堺）や小沢昭一がいたでしょう。彼らに対抗するってわけじゃないけど、とにかくユーモア感覚は磨かれました」

ユーモアは知性がないと成立しない。さすが麻布だ。当時の倉本には自分よりできるやつに対する嫉妬心とかライバル心はなかったのだろうか。

「あんまりそれはなかったですけども、成績が張り出されるんですよ。僕、初めは割と上のほうにはいましたけど。高校に入る頃からどんどん下がっていきました。演劇やったり、音楽やったり、だから成績はどんどん下がっていきましたね」

倉本はその後、母親の意向に沿って3度目の正直で東大に合格することになる。

## 型破りな就職活動

大学では芝居と戯曲に没頭する日々。授業をほとんど受けていなかった倉本の就職活動は、これまた人並み外れていた。倉本は1959年（昭和34年）の春にニッポン放送に入社しているが、まさに就職難の時期だったはずだ。ちなみにこの頃、民放のテレビ局は1953年に開局した日本テレビと、その2年後に放送を開始したTBSがあった。

3番手のフジテレビは開局したばかりという状況だ。

「まあ就職難ですね。しかも親父が高校の途中で亡くなっていたから、自分だけじゃなく、おふくろと妹と弟を食わせる責任があった。

とにかく就職しなきゃいけなかったので、正直言って、シナリオライターになろうなんて気はまだなかった。生涯に一本、映画化されるシナリオを書きたいっていうぐらいなもので、就職先としてはフジテレビに入りたかったんですよ。

実は僕の家庭教師先の親父が知恵者で、フジテレビの実力者は鹿内信隆だと教えてくれたんです。鹿内さんはニッポン放送、フジテレビ、産経新聞の社長を歴任した人物でしたが、その親父が〝鹿内の女関係を探れ〟って言うんですね（笑い）。

その親父さん、後に僕の仲人までしてくれたんだけど。とにかくおふくろと一緒に鹿内さん行きつけの八重洲口の料亭を探し出してくれて、そこにカステラを持っていって、女将に話を通すだけは通してもらった。そういう工作もしましたね」

なぜニッポン放送に入社することになったのか。

「フジテレビとニッポン放送と文化放送が3社合同で、法政大学を会場にしてマンモス試験をやったんです。このときは、ＴＢＳに行った吉川正澄〔前出〕とか、ＮＨＫのアナウンサーになった下重暁子さんとか、みんな受けてましてね。結局、僕は試験に合格したものの、ニッポン放送に回されちゃった」

一括採用の振り分け人事である。ニッポン放送は当時、東京の民放ラジオとしては現在のTBSラジオ、文化放送に続く一番新しい局だった。

「ただ、入社してみたら中小企業なんでびっくりしましたよ。200人ぐらいしか社員がいない上に、黒板にある名札は上の方から全部ひっくり返って赤札になっていて、どれも「CX〔フジテレビ〕出向」って書いてある。フジの開局業務に駆り出されてたんですね。優秀なやつがCXに行ったのか、駄目なやつが行ったのか、そこはよく分かんないんだけど（笑い）、みんな出向しちゃってましたよね」

## 倉本流シナリオ修業

ニッポン放送に就職してまもなく、倉本は〈採録シナリオ〉という映画から書き起こしたものでシナリオ修業をしたという。

「ぺらぺらな雑誌でしたけど、『タイアップシナリオ』っていうのを映画館で売ってたんです。1部20円ぐらいで。当時、語学ブームだったでしょう。英語の勉強用に洋画の会話を和訳したものですが、僕の場合はシナリオの勉強のために読み漁りましたね。完成された映画を文章化していて、セリフや役者の動きだけでなく、ここで音楽が入るとか事細かに書いてある。それを見て勉強したから、僕のシナリオは〈音楽忍び込む〉とか、〈間〉とかが入る普通の人のやらない書き方になっちゃった。

50年代後半にはテレビドラマも盛んになりましたが、でも、まだテレビのシナリオの定型はなかったんですよ。映画のシナリオライターはあんまりテレビに来ず、僕のようにラジオドラマ出身、あるいは売れない小説家とか詩人とかがテレビに来たんですね」

倉本流の書き方は、テレビドラマのデビュー作となった『パパ起きて頂だい』(59〜62年、日本テレビ系) ぐらいからだろうか。

「そうです。形式が決まってないから自由に書いていいって言われましてね。原稿用紙の空欄になった上部には画面、下には音声って書いてあって。縦書き13字で20行。それを与えられて書いてました。上(画面)の部分は絵を描いてもいいんですよ」

いわゆる「テレビ原稿」の始まりである。しかも当時は生放送だ。

「ええ。昔のカメラでケーブルが重いから、一本一本に3、4人のケーブルマンが付いて、もつれないように移動する。スタッフは100人ぐらいの大人数で、稽古して、スタジオに入って、翌日、本番って感じ。非常に骨折りでしたし、どんなふうにシナリオを書いたら全員の意思が統一できるかってことを考え、例の〈採録シナリオ〉方式を思いついたんです」

役者はもちろん、カメラや照明などスタッフ全員、それを読めば分かる形式だ。

「ラジオ局の社員とシナリオライター、同時に二足のわらじを履いてたから睡眠時間が2時間ぐらい。そんな生活を2年ほど続けてたらノイローゼになっちゃった。食えない、眠れないのうつ状態で非常につらいものがありました。ただ、あの2年間がなかったらここまで続いてないでしょうね」

ニッポン放送の上司には、「最近売れ始めた倉本聰って脚本家に会って来い」と言われたそうだ。自局のラジオドラマを作りながら、他局の作品も書き続けるなどむちゃな話である。

「それで、ニッポン放送を辞めますって言ったんだけど、だぁーれも止めてくれなかった。ふつう止めてくれるもんでしょう？　〝ああ、そう〟って言うだけ。送別会も開いてくれない。しょうがないからひとりで有楽町の飲み屋に行って酒飲んで、わびしく帰りましたよ」

## ラジオディレクター時代

しかし、そもそもニッポン放送の山谷馨はディレクターとして優秀だったのか。

「自分では優秀だと思ってたけどね（笑い）。ただ録音したテープをなくしたり、いろんなことがあった。僕、寺山（修司）とも組んでたんです。四谷の左門町に住んでたんだけど、ほんとにズーズー弁で。お母さんは（青森の）三沢基地の女だったからものすごい派手な格好してました。しかも寺山はマザコンでべったりだったんです。そこへ松竹の新人女優の九条映子が恋人になったんで、さあ大変。寺山は彼女のポスターをコラージュして部屋にバーンと飾るくらい熱くなってましたから」

寺山修司は倉本と同じ1935年（昭和10年）生まれ。当時、すでに歌人、劇作家として世に知られた存在だった。九条映子は後に「演劇実験室・天井桟敷」の創立メンバーとなり、プロデューサーも務めた人物で、寺山とは公私共にパートナーだった。

「ある日、寺山から電話がかかってきて、〝渋谷に部屋を借りたからちょっと来て〟って言うから行ったんですよ。そしたら九条映子と2人でいて。逃げたんですね、おふくろさんから。ていうのは、おふくろさんが九条映子に嫉妬して、コラージュした九条映子のポスターの目玉に針かなんかグサーッて刺したりして、怖くて逃げたらしいの。NHK近くの喫茶店でその話を聞いたんだけど、寺山に泣かれてね。〝君、母を捨てるってどういうことか分かるか〟って、もう、おんおん泣いてましたよ」

寺山修司が泣いたとは驚愕だが、ラジオ番組の構成作家としての寺山修司はどんな仕事ぶりだったのか。

「ほとんど書かないんですよ、あいつ。口で言うだけ（笑い）。『いつも裏口で歌った』（61年、ニッポン放送）っていうラジオドラマで、寺山には青森から上京してきたクリーニング屋の店員、女優の九条映子には東京の床屋の店員っていう設定を与えたんです。そんな2人が月に1度の休日デートに300円とか500円とか持って、上野の駅で待ち合わせて、浅草界隈をデートするっていう。そんなシチュエーションだけを伝えて、あとは勝手にアドリブでしゃべらせた。

寺山は、出演しながら構成していくんです。面白かったですよ。めちゃくちゃでしたけど。

機材ひとつとっても、ゼンマイ仕掛けの録音機［通称デンスケ。取材用テープレコーダーのこと］にクリスタルマイクを付けたりして。それを風呂敷で包んで回しながら隠し録りしてたわけですよ。

2人がテキ屋のたんか売りを見てるところを録ってたら、相手に見つかっちゃったの。そしたら、あの2人はパーッと逃げて、僕だけつかまっちゃった。で、関東姉ケ崎一家っていうところの組事務所に連れ込まれて、〝明日、カネ持ってこい!〟って怒られた。会社に事情を話したら5万円出してくれて、それを持ってったら今度は〝桁が違うだろう!〟って。でもまあ、一応勘弁してくれたんですよ。〝すいません、領収書ください〟って言ったら張り倒されんばかりに怒鳴られましたけどね。

でも、実にいいシーンが録れたんです。ロケの2日目には寺山と九条が僕を意識しなくなっていて、上野の不忍池のベンチでとってもいいラブシーンになった。でも、会社に戻ってテープを聞いてみたら、〈ヨシコ〉と〈マコト〉という役名だったのに、寺山のやつ、〝映子〟って言ってキスしやがったんだよ。それで全部パー(笑い)」

このラジオドラマの音楽は山本直純で、詩人の谷川俊太郎も特別出演するなど、20代後半から30歳くらいの若い才能が集まっていた。

「それまでにない何か新しいものをつくるって、面白いからね。ドキュメンタリーとドラマの融合という意味で、僕らは〈ドキュラマ〉だなんて呼んでいました」

## どんな注文でも請け負う

『パパ起きて頂だい』では倉本聰のペンネームが使われているが、この名前が注目され出したのは『現代っ子』(63〜64年、日本テレビ系)あたりからだ。従来のホームドラマとは違う、今思えばバリバリの社会派ドラマだった。

「複数の作家のひとりとして参加して、佐々木守や後に映画監督になる斎藤耕一とかもいましたね。父親が事故死して、3人の子供と母親がたくましく生きていくさまを描いたんです。鈴木やすし、中山千夏、市川好郎ってすごくうまい子役がいて、お母さん役は賀原夏子。割と地味な作品だったのですが、驚異的な視聴率をマークしました。これに目を付けたのがターキーさん(水の江滝子)ですよ」

女優業以外に映画プロデューサーもしていた水の江滝子の肝煎りで、倉本は日活と契約、63年公開の映画版『現代っ子』(中平康監督)で劇映画デビューすることになる。

東京オリンピックの前年であるこの年、倉本は会社を辞めて、いわゆる筆一本の人となった。

「やっぱり怖かったですよ。生活保障がなくなるわけでしょ。健康保険もなければ、年金もない。ただ、テレビとラジオ、映画、そして古巣である〈劇団仲間〉の舞台『地球光りなさい』っていうのも書いていましたから。まあ、これだけ媒体があればどっか引っかかるだろうっていうんで辞めたんですね」

他社の仕事もしていいものだったのだろうか。

「日活では歌謡映画専門で、舟木一夫、西郷輝彦、橋幸夫の映画担当だったこともありますよ〔西郷輝彦の『星のフラメンコ』(66年) やグループサウンズ全盛時代の『ザ・スパイダースのゴーゴー・向う見ず作戦』(67年) といった作品を手がけている〕。

ただ僕の場合はB契約といって専属ではなかったので、他社の作品も書いていいことになってました。ある時、東映に入った中島貞夫〔前出〕から電話がかかってきて、〝俺のおかげで卒業できたよな。恩を感じてるよな。ならば恩返しに俺の映画のシナリオを書け〟って。それで京都へ連れ出されて1カ月ぐらい滞在して、2人で書き上げたのが彼のデビュー作『くノ一忍法』(64年) です。

豊臣方の忍者と徳川方の忍者がセックスすると、男の忍者はしゅるしゅるって枯れ木同然の骸骨になっちゃって、くノ一は立ち上がって裾を直しながら〝これぞ信濃忍法筒涸らし〟とかって、中島と2人でばかばかしいことを書いてくわけですよ。東大の美学出身だから〝竹内（敏雄）教授はどう思うだろう〟なんて言いながら。おまけに岡田茂さん［当時東映の取締役東京撮影所長、後に会長］の前で台本を読み上げなくちゃいけない［当時の東映や日活では脚本家や監督が読むのだという］」

その後、倉本はテレビでは『青春とはなんだ』（65年、日本テレビ系）、『これが青春だ』（66年、同）と立て続けに青春ドラマの原点のような作品に参加している。先輩脚本家たちとの競い合いでさぞ鍛えられたことだろう。

60年代における倉本の代表作のひとつ、松本清張原作『文五捕物絵図』（67年、NHK）にも杉山義法や田村孟、石堂淑朗といった脚本家が参加している。またディレクターには和田勉がいた。いま考えれば、かなり豪華なメンバーだ。複数の書き手がいる場合、制作前に脚本家を全員集め説明会みたいなものが行われるのだろうか。

「ないですね。プロデューサーが大体の共通案を作るんでしょうね。

当時の僕はシナリオライターになりたてでしょう？　板前でもなんでもね、10年ぐらいの修業を経ないと一時期売れても絶対続かない。だから、とにかく脚本の職人になろうと思ったんです。右から来ても、左から来ても、どんな注文でも請け負う。ただその中に一点だけ、短編小説の核みたいなものは入れていこうと思いましたね」

# 第4章　歴史というのは地続きだ

今でこそ倉本の代表作と言えばヒューマン・ドラマの名作『北の国から』や近年の『やすらぎの郷』になるのだろうが、その才能が注目された最初期の作品が１９６７年に杉良太郎主演で放送された『文五捕物絵図』（ＮＨＫ）だったことは前章で触れた。

倉本はその後も『わが青春のとき』（70年、日本テレビ系）、『君は海を見たか』（70年、同）、『2丁目3番地』（71年、同）、『赤ひげ』（72年、ＮＨＫ）といった話題作を次々に世に問うていく。脚本家としての〝青年期〟において、まだ30代だった倉本は何を考えていたのか。

以前から、作品ごとに倉本の意図を聞いてみたいと私は考えていた。それも単なる自作解説ではなく、倉本ドラマが生まれるプロセスも含めてだ。

## 時代劇で社会派ドラマ

まずは『文五捕物絵図』から。脚本陣には杉山義法、田村孟、石堂淑朗といった当代の名手が名を連ね、演出には後の名ディレクター和田勉も参加。音楽を担当したのはシンセサイザーアーティストの第一人者として一世を風靡した作曲家・冨田勲と、実に豪華な布陣だった。

それまでの時代劇が水戸黄門や大岡越前といった〝エライ人〟を主役に据えた「勧善懲悪」モノばかりであったのとは一線を画し、主人公は江戸の神田天神下に住む若い岡っ引きの文五（新人だった杉良太郎）。彼の周りで起きる事件の謎解きと彼の活躍が主題だったが、展開がスピーディーでありながらちゃんと人情も描かれる。同時に放送当時、つまり60年代後半の社会の空気のようなものが感じられる、従来にない時代劇に仕上がっていた。今日でこそこういった作品は珍しくないが、ドラマ史的にはその先駆けだったと言ってよいだろう。

「時代劇を書くのはとっても面白かったですね。というのも、時代考証家が必ず付く。『文五』は確か相馬皓さん［歴史家、歌舞伎研究家］で、山本周五郎原作の『赤ひげ』では稲垣史生さん［時代考証家、歴史小説家］が付いてくださった。

そういった専門家に話を聞くと、僕らの知らないことが分かっていいんですよ。たとえば一町ごとに木戸があって、夜10時を過ぎると通れないとかね。そうすると〈泰平の眠りを覚ます上喜撰　たった四杯で夜も寝られず〉などと、4隻の黒船に右往左往する幕府を皮肉った狂歌が江戸城の門前に貼り出してあるって簡単にいうんだけど、一体、誰が夜中に貼りに行ったのかが気になる。そこでこちらは、登場人物の蔦重（蔦屋重三郎）が特殊なネットワーク、軽業師のような集団を持っていたに違いないとか考えるわけです。蔦屋重三郎は喜多川歌麿や東洲斎写楽を売り出した江戸出版界の風雲児で、実在の人物ですね。

当時のNHKはフィクションのドラマとはいえ、政治問題に触れるのを嫌ってました。現代劇で社会派ドラマは書きたくても書けなかった。ところが、時代劇だったらごまかして書けちゃう。それにロカビリーブームで長髪にしていた者はNHKが出入り禁止にしてたけど、布施明とかに（時代劇の）カツラをかぶらせて出しちゃった。

村上元三さん［直木賞作家］の息子、村上慧がディレクターだったんですが、彼もクビを覚悟でやりましたね。

やっぱりNHKへの反抗心がありましたよ、既にその頃から。NHKのやつって慇懃無礼なんですよ。言葉は丁寧だけどいやらしいっていう。

僕はNHKの体質とはあんまり合わなかったですね」

当時テレビ界、特にNHKでは杓子定規に「公平中立・不偏不党」を旨とするばかりで、社会派的な要素が現代劇で描かれることは稀だった。ところが、時代劇であればそうしたことも織り込むことができる。『文五』は原作があるとはいえほとんどオリジナル作品だ。このスタイルは、『赤ひげ』でより進化している。赤ひげこと主人公の新出《にいで》去定《きょじょう》を演じたのは小林桂樹。そして倉本が言うところの〝欠点のある人間〟、青年医師の保本登《やすもとのぼる》役にはあおい輝彦が起用された。

「山本周五郎の小説『赤ひげ診療譚』には、たとえば今でいう安楽死についても描かれていました。それって現代の医療問題にも通じるテーマであり、ドラマの形で提示してみようと思ったんですよね。

ただ、あおい輝彦はもともと歌手でしょう？　セリフがうまく読めなくて、〝こんな難しい字を書かないでください〟って嘆くから、その都度直したの。しまいには、小林桂樹さんが辞書を持ってきて〝はい、引きなさい〟なんて」

このドラマで強い印象を残した出演者に仁科明子（現・仁科亜季子）がいる。歌舞伎役者、十代目岩井半四郎の次女だ。庄司薫原作の『白鳥の歌なんか聞えない』（72年、NHK銀河ドラマ）でデビュー。当時は可憐さが際立つ新人女優だったが、後に松方弘樹夫人となった。

「あの子は、『白鳥の歌』の直後に『赤ひげ』だったんですよ。NHKで紹介されて初めて会った時は学習院女子高等科を卒業したばかりでしたね。

NHKの守衛さんに〝ごきげんよう〟って挨拶するっていうんで有名だったんです。僕にすごくなついてきて、この後もレギュラーみたいな感じで出てましたね。東芝日曜劇場の『田園交響楽』（72年、北海道放送〈以下、HBC〉制作）、『聖夜』（73年、同）、『うちのホンカン』シリーズ（75～81年、同）……。

なんていうか、いい意味で浮世離れしていて古風なんですよ。歌舞伎のお家でしょう？　僕も自宅に伺って親父さんに稽古場なんかをのぞかせてもらったんだけど、しきたりひとつとっても違うんですね。

大人が集まって飲んでるところで、たばこの灰皿がいっぱいになったら、スウッと取り換えるっていうね。

もう凄いですよ、少女ながらに気遣いが。で、気に入っちゃったんです。当時もきち

ん と礼節をわきまえた子は珍しかったですから」
『赤ひげ』は現在まで続く〈医師ドラマ〉や〈医療ドラマ〉のハシリといっていいかもしれない。

## 医療ドラマに込めたもの

倉本はこの頃、『わが青春のとき』（70年）、『君は海を見たか』（70年）、『赤ひげ』（72年）と、立て続けに医療モノを手がけている。

「実は僕の爺さんである山谷徳治郎はドイツで病理学の博士号をとり、医学情報誌『医界時報』を出した人物で、父の太郎もその事業を受け継いでいたんですよ。

祖父は〈山谷賞〉なんていう医学賞も出してましたからね。

お医者さんに贈る賞で、その第1回の受賞者が小川鼎三さんっていう解剖学の権威で、当時、順天堂大学医学部医史学研究室の初代教授をしてらした。その関係で僕は小川先生のところに通うようになり、医学史に関することをいろいろ教えてもらったんですね。小川先生が亡くなってからも、2代目教授の酒井シヅ先生に大変良くしていただいて」

そもそも倉本は順天堂大学病院で生まれている。縁がある。

「因縁が深いです。『赤ひげ』の最中、うちのおふくろが入院してたんですよ。だから親の病気からいろんなことを考えちゃって、かなり感情移入して書いてましたね」

『君は海を見たか』も病気と関係のあるドラマだった。子供がウィルムス腫瘍という病気で亡くなる話で、平幹二朗が演じた父親はすでに妻を失っている。一人息子が病気になったことで、それまで仕事一筋だったことを反省し、息子と向き合っていくストーリーだ。

「ほぼ同時期の、『わが青春のとき』も医療モノ。僕が30代に書いた中で好きな作品です。原作はA・J・クローニンの『青春の生きかた』ですが、クローニンの本は最初の2ページくらいで読むのをやめちゃった。ストーリーのダイジェストを人から聞いて、それだけで書いてたんですね。だから内容はほぼオリジナルです」

主人公は石坂浩二演じる若き医師。ある伝染病をとことん研究したいと思うのだが、上にいる教授がやらせてくれない。女子学生（樫山文枝）の支えを得ながら隠れて研究を続ける医師は、やがて大学組織からはじき出されていく。かなり暗くて重い作品だった。70年といえば世は大阪万博で盛り上がっていた頃だ。まるで世間と逆行するようなこのドラマで、倉本はなぜ原作と距離を置こうとしたのだろうか。

「原作に引きずられるっていうのは結局アダプテーション、つまり脚色になっちゃいますよね。なかなか自分のオリジナリティーを出していけないんです」

原作がある場合も、あくまで素材のひとつと考え、それを足場に想像力をフル稼働させていくということだろうか。

「そうですね。だから僕、過去には原作者と何度も衝突してますよ（笑い）。

その次に『ひかりの中の海』（71年、日本テレビ系）を書いてるんです。これは白川由美さんと嵐寛寿郎《あらしかんじゅうろう》さんで、安楽死の話なんです。これも、よくあんな話を書いたと思うくらい暗い。

母親がずっと入院してたでしょう。僕は安楽死を考えたんですよ。もう殺してあげた方がいいんじゃないかって。だから当時の作品はものすごく暗いですね。それで母親が亡くなって3日で書き上げたのが『りんりんと』（74年、HBC制作）です」

息子（渡瀬恒彦）が母親（田中絹代）を北海道の老人ホームまで送っていく話で、劇中の「私、生きてていいですか」という問いかけが衝撃的だった。70年代前半というのは中途半端に明るい時代だったはずだ。だが倉本はその時、世間の空気と全く違うことをやっていた。今でこそ安楽死もこれだけクローズアップされて、普通に口に出して語られるようになったが、当時はむしろタブーのようなものではなかったか。

「タブーでしたね。

自分の母親がそううつ病になった時、身近にいると気になって、僕が書けなくなっちゃった。ちょうど『勝海舟』（74年、NHK）の時でしたからかなりつらくて。

結局、母親には埼玉県の精神科病院に入ってもらったんです。鉄格子の中にいたんですよね。わざわざ遠くに置いたんです。身近にいると頭の中をそれが占めちゃうんで、すぐには行けないところに。だから病院任せにして逃げたんです、僕が。

そうになると病院に入れて、うつになるとまた入れて。そうとううつの境目だけうちに連れて帰る。1週間に1回、川越の先にある病院まで車で通ってました。その時に、ぽつんと〝私、ほんとに生きてていいの？〟って言われちゃった。その言葉がショックで、それで……」

ドラマ『りんりんと』の世界はリアルだったのだ。

「そのまんまです。埼玉をもっと遠くに、いっそ北海道にしちゃえみたいな。

若い頃に読んだ深沢七郎の小説『楢山節考』の影響もちょっとあったような気がします。『楢山節考』は、姥捨ての話なんだけど、『りんりんと』は自分から老人ホームに行くって言いだす母親に、息子が捨てられる話じゃないかっていう。捨てるのか、捨てられるのかみたいな、重いテーマでしたね。だけど僕の中でとても重要なテーマだったんです」

## 『2丁目3番地』は江戸・東京の笑い

一方で、71年には東京・四谷の美容院を舞台にしたコメディドラマ『2丁目3番地』（日本テレビ系）もある。石坂浩二演じる石上平吉が売れないディレクターだった。

「当時日テレにいた石橋冠［前出・演出家］が、〝会社にヘンなディレクターがいる〟って言うんですよ。例えば自宅の2階の出窓で飼ってた金魚が猫にやられて1階まで落っこちちゃった時、ぴくぴくしている瀕死の金魚にオロナイン軟膏を塗ったんだって。それからニキビには日本経済新聞の広告欄が一番効くんだと言って顔に貼りつけてるとか。そいつはその後、京都の寺の住職になっちゃいましたけど、面白いからキャラクターにしてみるかって。人間からドラマに入ったのはあれが初めてかもしれません。何かにこだわる人間っていうのを書いてみたかったんですね。

冠ちゃん本人もかなりの変人ですが、ヘンなやつの話をやたらするんです。だからストーリー（物語）やシチュエーション（設定）じゃなくて、キャラクター（人物像）からドラマを作るということを思いついた。

森光子さんが演じた、美容院を経営している母親には長女の（浅丘）ルリ子をはじめ何人かの娘がいるんですが、ちょうど向かいに見えてる、パチンコ屋のネオンサインの〈パ〉っていう字が球切れするんです。〈パ〉がなくなって〈チンコ〉。で、すかさずパチンコ屋に電話して、〝ウチには年ごろの娘がいるんですから！〟って物凄い勢いで怒鳴るとか。

次女の范文雀《はんぶんじゃく》っていうのもこれまたすごくぶっきらぼうで、洗髪に来たお客さんが〝血が出るくらいガリガリやってください〟って言うと、〝血を出すんですね〟って本当にやっちゃう。あのあたりからですね、ドラマっていうのはキャラクターとキャラクターのぶつかり合いの化学反応なんだって思い始めたのは」

当時、『2丁目3番地』は何ともいえず〝東京〟が感じられるコメディだった。

「たぶんそれは、江戸なんですよね。江戸の笑いなんです。

でも、その後はドラマにもどんどん関西の笑いが入ってきたでしょう。ふざけて笑わせるっていう風潮が。前にも言ったけど僕がいまもって金科玉条にしてるのは、チャップリンの〈人生はアップで見ると悲劇だけど、ロングで見ると喜劇だ〉っていう言葉で、それが一番高級なドラマではないかっていう気がするんですよね。やっぱりそれを書きたいと思いますね」

この頃、倉本は『おりょう』（71年、中部日本放送制作）、『風船のあがる時』（72年、HBC制作）など、ドラマの名門枠である「東芝日曜劇場」（TBS系）への登板が続いた。当時、この枠では系列の地方局が制作した作品も流しており、倉本は地方の作り手たちを積極的に応援していた。

「HBCは『風船のあがる時』が最初です。それ以前には北海道にロケで2回、足を踏み入れただけでしたね。まだ北海道には移住していない頃です。

確か南田（洋子）さんを通じてじゃないかな。〝HBCに守分寿男《もりわけとしお》さんっていうすてきなディレクターがいるから一度お会いなさい〟って。それで会ってみたら、すっかり気が合っちゃった」

いささか脱線するが、72年にはNHKで井上靖原作の『氷壁』も手がけている。冬山の岩壁で、友人同士をつないでいたナイロンザイルが切れてしまい、1人が亡くなる――という内容だが、しっかり構成された小説はシナリオにしづらくはなかったのか。

「むしろ書きやすかったですね。出版された当時から好きな小説だったし。ちょうどあの頃、自分も登山に凝ってたから、山のものはやりたいなと思ってた。

そこで僕はあいつと付き合うんですよ、原田芳雄と初めて。相手役が司（葉子）さんで、南田さんもそうですが、司さんもお会いしてみて本当に奇麗でした。相澤（英之）さんと結婚して間もなかったですが、あの頃の大スターってのは美人だっただけじゃなく、神秘性があって、オーラがあったから。

当時、マスコミもそのオーラをはがすという行為をしなかったからね。みんなでオーラを消そうっていうのが今の世の中でしょ。本当に良くないと思うんですよ。

たとえば田中絹代さんも高倉健も原節子も、自らの手で〈自分を守る〉ってことをしていました。でも、ある時から守るどころか、自ら脱いじゃうっていうか。自らベールをはがしちゃうっていう具合になってつまらなくなっちゃうんですね。（浅丘）ルリ子だって、やっぱりベールの中にいる人ですよ」

## 『幻の町』の衝撃

ＨＢＣの守分ディレクターの話に戻る。

「もう亡くなりましたけど、小樽商科大学出身で僕より1歳上でした。常に真面目な人で、笑いは苦手なのかなって思ったんだけど、台本を忠実に演出してくれるから、きちんと笑いになるんです。『幻の町』（76年、ＨＢＣ制作）の中の室田（日出男）とサブちゃん（北島三郎）と桃井かおりのかけ合いなんかも、３人が大真面目にやってくれるもんだから実におかしかった」

桃井の恋人がトラック運転手の北島で、その友人が室田だった。

「それから北海道って広いでしょう？　だから東京から来たディレクターは、どうしても横に広く撮ろうとするんですよ。でも守分さんは狭く撮ろうとした。その代わり、対象物とカメラの間に距離をとって、望遠によるアップを多用する。横じゃなくて縦。奥への広がり。

だから『北の国から』（81〜2002年、フジテレビ系）をやった時も、その話をディレクターやカメラマンたちにずいぶんしました。

抑えろ。広げるな。縦の空気感を出したほうがいいって。対象物との間に空間が入ることで見えてくるものがある。

たとえば雪が何層にも重なるから密度が高まるんです。そこに映像の面白さが出てくる。あれは守分さんの発明ですね」

『幻の町』は樺太からの引き揚げ者である老夫婦の物語だった。かつて住んでいた樺太の真岡町《まおかちょう》（現在はサハリン州ホルムスク）の地図を完成させようと、老夫婦は知人を訪ねて小樽まで足を運ぶ。幻の故郷を追い求める2人を演じたのは笠智衆と田中絹代だ。

当時、北海道の一部の人々こそ旧樺太をある程度身近に思っていたにせよ、北海道以外の人々にとってはどうだったか。忘れたとまでは言わぬにせよ、知らぬまま戦後を生きてきた私のような人間にとっては、『幻の町』というドラマは衝撃だった。戦前と戦後は切れてなどいない、何かがガラッと変わったりなどしていないということを示した、凄みのある脚本だった。

笠智衆に出演を依頼した際のエピソードがある。

「絹代さんは『りんりんと』の後でしたが、快諾。笠さんは最初〝私はもうトシだから無理です〟って断ってきたんですよね。いつもそうやって断られるんです。碓井さんとやった『波の盆』（83年、日本テレビ系）の時も最初そうだったでしょう。

そしたら、絹代さんが笠さんのところに電話しちゃったんですよ。〝あなた、何を言うんですか、撮影中に死んだら本望じゃないですか〟って。それで笠さんもグラッときちゃった。

2人とも松竹時代が長かったですから。でも、絹代さんは大女優、笠さんは大部屋俳優だったわけで、いわば格が違うから絹代さんの言うことには逆らえないわけですよ」

このドラマのきっかけは、やはり母親だという。

「おふくろが認知症で薬漬けになってたでしょう。何にも覚えていなくて、無口になっちゃった。ところがある日、僕が〝岡山に疎開していた時の家の間取りを覚えてる?〟って何げなく聞いたんですね。そしたら、〝覚えてるわよ〟って言って紙に書いてくれた。谷あいの村を通って、その突き当たりにあったことまで、かなり覚えてましたよ。

認知症になると、脳みその表面のほうの記憶は壊れちゃうけど、代わりに奥にある記憶が表に出てくるのかなって思いましたね。それで真岡の地図を作っている老人がいて、でもその地図が実は間違ってるっていう話を書いたんです」

二重の意味で、幻の町。

「僕が札幌にひとりで来た当時、通っていた炉端焼きの店があって、そこの女将の姉妹が真岡からの帰還者だったことが後から分かった。真岡というのは日ソ中立条約を破棄したソ連軍が、敗戦から数日後に上陸してきたところです。

幸か不幸か、僕は樺太の最後っていうのをあまり知らないまま、『幻の町』を書いちゃったんです。知ってたら絶対にストーリーが違っていた。

知っていたらおそらく、真岡という町の悲劇にずいぶん引きずられたと思いますね。これは別の町の話ですが、当時ソ連軍に虐殺された人たちの遺骨が全然収集できてないんだそうです。確かに歴史というのは地続きですからね。いまだに悲劇は続いている。もしも真岡の事実を詳しく知っていたら、違う話を書きたくなったんじゃないかな」

# 第5章　利害関係のあるやつばっかりと付き合うな



## ついに大河の依頼が

脚本家としてメキメキと頭角を現してきた倉本が、NHK大河ドラマ『勝海舟』（1974年）の脚本に携わったのは39歳の時。民放での実績に加え、NHKでも『文五捕物絵図』（67年）や『氷壁』（72年）、『赤ひげ』（同）などで評価が高まっていた倉本に大河ドラマ脚本の依頼が来る。まさか、のちに「意見の相違により途中降板」という前代未聞の事態になるなど思いもしなかった。

大河ドラマの第1作は大老・井伊直弼を描いた『花の生涯』（63年）だ。『勝海舟』は12作目にあたる。それまで水木洋子、杉山義法、平岩弓枝などが脚本を手がけてきたが、大河に起用されることは脚本家として一流であることの証左となっていた。

「大河ドラマの依頼って突然来るんですよ（笑い）。僕もびっくりしたけど。

その時一番喜んだのは、やっぱりおふくろで、お赤飯炊いちゃいましたよ。だからね、『勝海舟』でNHKと喧嘩したのは、おふくろが死んでからなんです。

資料を読んだりする準備に半年くらいかかりました。当時は大河ドラマみたいな大きい作品はやったことがなくて、相当に覚悟がいったんですよね」

もともと勝海舟という人物に関心や思い入れみたいなものはあったのだろうか。それとも依頼のあったテーマを自分流に面白がろうという感じだったのか。

「自分流しかなかったですね。いわゆる偉人を書くなんて僕は苦手だし、むしろ海舟の父親である勝小吉のほうがずっと面白かった。

何より偉人の心理っていうのが僕には想像がつかない。今だって総理大臣や経団連の会長を書けっていわれたら、ためらいますね。自分の枠を超えた心の持ちようがあるんだろうなと思うと筆が鈍ります。

僕なんかが責任持てるのは、せいぜい家族とか趣味の範囲まで。国家や国民に対して責任持つとか、何万人の社員に対して責任を持つ人の心理状態っていうのは、想像つかないところがある。想像できないから、偉人って嫌なんですよ」

しかも実在の人であれば、登場人物の履歴書をつくるという倉本にとって一番楽しいはずの作業もやりづらい。

「今だったら、小学校時代のそいつの友達から暴くでしょうね。たとえば、小学校時代の僕の友達は、今、どういうふうに部下から見られてるか分かんないけど、一緒に学童疎開してたわけですよ。いまだにそいつらと付き合うとかわいい坊やになっちゃう。そういう時代っていうのは僕に限らず、皆が持ってるだろうし、勝海舟にもあったはずです。

勝海舟の犬嫌いは、少年時代に犬に追いかけられて、おちんちんを噛まれたからで、それ以来、犬が怖くて困ったっていう話がある。

今だったら、犬を見ると逃げ出す人間くさい勝海舟の一面を物語のどこかに入れたかもしれないですね。

それからやっぱり興味深いのは坂本龍馬とか岡田以蔵ですよね。ああいうアウトローなやつらがいい。だから岡田以蔵を坂本龍馬に惚れてるオカマにしちゃったんだけど（笑い）」

岡田以蔵役は萩原健一。萩原は「このドラマで化けた」と評価されることがある。

「ショーケン［萩原の愛称］も面白く演じてましたね。すごい芝居するなこいつ、と思いましたよ」

## 主演俳優交代

収録が始まって間もなく、主演の渡哲也が病気のために降板するという緊急事態が発生した。代役を松方弘樹が務めたが、その離れ業ともいえるキャスティングに陰で奔走したのは倉本だった。そんなことができる脚本家は稀だ。

「実は松方の前に松緑《しょうろく》さん［二代目尾上松緑。海舟の父親、勝小吉を演じた］のことがあったんです。

当初、NHKは松緑さんを出せなかったんですよ。つかまえられなかった。僕はどうしても小吉には松緑さんが欲しくて、〝じゃあ、僕が口説いてきたらどうしますか〟ってNHK側に聞いたら、〝もちろんそれができたらうれしいけど、口説けないよ〟と。だから、〝ちょっと僕に考えさせてください〟って言って、それで仁科明子（現・亜季子）の親父の岩井半四郎さんのところに行ったんです」

当時、仁科は倉本学校の生徒のような感じだった。

「半四郎さんに〝松緑さんを口説きたいんだけど〟って相談したら、〝これは方法がある〟と。〝松緑さんていうのは意気に感じてくれる人だから、あなたが直接行って土下座したらいい。今、大阪の新歌舞伎座に出てるから行ってきなさい〟って言うんですよ」

急展開である。

「その時は、まず名古屋の中日劇場にいらした半四郎さんのところに行って知恵を授かり、その足で大阪に向かったんですね。もうひとつは別のルートですが、新派の樋田慶子〔旧・緋多景子〕っていう女優がいるんです。『つまらぬ男と結婚するより一流の男の妾におなり』って著書もある人。これは僕のカミさんと同じ俳優座養成所の５期生なんですよ。僕も昔から知ってて、彼女の姉さんが松緑さんと非常に親しかったんです。

その線から松緑さんの生活パターンを聞き出した。そしたら、芝居のマチネー（昼の部）があって、その後昼寝するっていうんですね。夜の公演の前に。

その昼寝から起きた時が一番機嫌がいいからって。半四郎さんが大阪の新歌舞伎座の支配人に電話してくれて、僕が到着したら〝今、昼寝に入ったので、お待ちください。起きたら付き人から電話が来ることになってる〟と。

それで電話が来たんですね。ノックして失礼しますって言ったら、〝はい、どなた？〟って。〝あの、脚本家の倉本と申します。実は今度、ＮＨＫの大河ドラマで勝海舟をやるんです。ＮＨＫが松緑さんに海舟の父、小吉の役をお願いしたら断られちゃったたって言うんですが、僕はどうしてもやっていただきたくて、お願いします！〃って土下座したんです。

とにかく小吉をやって欲しかった。土下座して、そのまま頭をすりつけてたら、松緑さんが笑い出しちゃったんですよ。〝頭上げなよ〃なんて言って、すっかり気に入られちゃって。

それで〝ちょっと待ってなよ〃と言って番頭さんを呼んで、〝来月の仕事、俺どうなってるんだ？〃。そしたら京都の南座が入っていて、その翌月は東京の歌舞伎座だったのかな。松緑さんが〝それ、断れるかい？〃って。番頭さんが〝やってみますけど……〃って答えたら、〝おい、この脚本家の先生が一生懸命やってくださってるんだから、こっちは断れねえぜ〃と。それで引き受けてくれた。

本当に意気に感じてくれて。でも、そんな経緯で小吉をやってくれた松緑さんが、一人のディレクターと衝突しちゃって、〝あまりにも失礼だ、あのディレクター代えてくれ〃と言い出した。すぐに撤回したんですけどね。

松緑さんは〝俺みたいな人間が言うと、ＮＨＫは言うこと聞いちゃうだろ。それじゃ、あの子（ディレクター）の一生をめちゃくちゃにしちゃうから撤回するよ〟って。優しくて、潔いんです。〝悪かった、俺が引く〟ですからね。それでそのまんま出演してくれたんですが、またもや、そのディレクターがおかしなことをやり出した。ホン（台本）読みが終わって僕が帰ると、勝手にホン直しをするんです。それはショーケンや仁科明子から聞いた。〝あんなことさせていいの？〟って。僕もびっくりして、もちろん抗議しました。そのあたりからですね、はっきりと揉め始めたのは」

脚本家を無視してのホン直しなどあり得ない。

「そこへ渡（哲也）の病気が重なった。39度くらいの熱がずっと出てるのに、NHKは渡に休めって言わないんです。まだ2〜3週分しか撮れてなかったからでしょう。それで僕、部長に言ったんですよ。〝いいんですか？　これは人道上の問題になりますよ〟って。プロデューサーが一人でやっていたことで、部長は何も知らなかった。

結局、大騒ぎになって、当時は制作局長だった川口幹夫さん［後に会長］の耳に届いた。川口さんは〝それは大変だ。主役をすぐ代えなくちゃまずいだろう〟と。ところが、渡の代役がちっとも決まらない。名前は挙がるけど全部スケジュールがダメだって言うんです」

## 松方弘樹と仁科明子

最終的に渡の後を託されたのは、映画『仁義なき戦い』（73年）で大暴れしていた松方弘樹だった。

「でも最初、NHKは松方をキャスティングできなかったんです。当時は売り出し中で大阪のコマ［梅田コマ劇場］に出ていた。〝俺、口説いてこようか〟って聞いたら、〝口説ける？〟って言われて〝分かんないけどやってみるよ〟。

それで東映の本社に乗り込んで、岡田茂さんに直談判したんです。かくかくしかじかで〝非常に困ってるんです〟って言ったら、本人次第だと。

岡田さんが〝今から大阪行けるかい？〟って言うから〝行けます〟って。〝じゃあ俺電話入れておくから本人を口説いてくれ〟と。それで、すぐ新幹線に飛び乗って大阪へ」

面識はあったのだろうか。

「全くないけど、コマへ行ったら松方が待っててくれた。僕が入っていくと〝岡田社長から聞きました〟って。僕が岡田さんを知ったのは京都の撮影所長時代だけど、その頃はもう社長だったな。それで松方は〃やらせていただきます〃と即答。

僕が新幹線に乗ってる間に岡田さんがいろいろクリアしてくれて、松方の返事も早かった」

倉本は大河ドラマを救った功労者と言っていい。

「ほんとそうなんですよ。しかも渡と代わったばかりの松方と、こともあろうに仁科明子がくっついちゃった（笑い）。明子のおふくろさんがうちに来てね、〃お恨み申し上げます。何で松方さんを使ったんですか〃と迫る。

そんな恨まれたって僕が別にあれしたわけじゃないんだけど、〃先生のせいです〃ってえらい恨まれて。マスコミに騒がれて明子は行方不明になっちゃうし。僕もあれには参った」

石坂浩二と浅丘ルリ子も『2丁目3番地』での共演をきっかけに結婚した。倉本ドラマには男と女が本気になるような雰囲気があるのだろうか。

「疑似恋愛っていうのはよく起こりますね。役に入りこんじゃう。だから『2丁目3番地』の時は、寺尾聰と范文雀も結婚した」

## 降りる気はなかった

倉本は、結局番組を降りることになる。大河ドラマの歴史上、あとにも先にも例がない事態だった。単なる脚本家を超えた貢献にもかかわらず、なぜ、そんなことに？

「それを出過ぎだっていうふうに若いディレクターはとったんでしょうね。つまり、僕に何かを頼むのはプロデューサーたちでしょ。プロデューサーは管理職で、現場はみんな組合員なんですよね。組合員と外部の倉本聰、どっちを大事にするんだって、プロデューサーが詰め寄られちゃった。しかも当時は力のあった民青［日本民主青年同盟］が組合を牛耳ってたから、本当に大変でしたよ」

だが、結果的には北海道に来るきっかけになった。

「あれがなかったらつまらない一生を過ごしたでしょうね」

違うタイプの巨匠になっていたかもしれない。

「いやいや、巨匠になんてならなかったですよ。大河もやり終えたんじゃなく、途中で抜けちゃったわけだから」

先にも述べた通り倉本は自分が書いたドラマのホン読みに参加することで知られている。ホン読みとは、収録前に出演者全員と制作側が一堂に会し、台本の読み合わせをすることだ。一般的に脚本家が呼ばれることはない。

だが倉本は必ずホン読みに参加して、セリフの言い回しやトーン、緩急や間の取り方などを確認していく。そうした倉本流に対し、「演出の領域に踏み込む行為だ」と反発するディレクターもいて、さまざまな軋轢を生んでいた。

しかし、決定打は女性週刊誌のインタビュー記事だ。「大河脚本家がNHK批判」と報じられ、記事を読んだスタッフから総攻撃を受ける。倉本はその足で羽田から札幌に飛んでしまった。

「1974年の6月ですね。記事が載った週刊誌『ヤングレディ』が出た日だから、よく覚えてます。

札幌にいたのは結局3年かな。2年目くらいから本気で居場所を探して北海道中を歩き回った。

HBCの守分は、つかまらないと困るなと思ったんだけど、千歳の空港から電話しました。〝事情はあとで説明するからどっか宿探して〟って。まるで逃亡犯（笑い）。

北大植物園近くの中村屋っていう旅館を紹介してもらって、そこで落ち合った。僕はまだ『勝海舟』をやめる気はなくて、札幌から台本を送ろうと思ってたんですよ。

ただホン読みにはもう出ないと伝えました。それから僕がどこにいるかも教えないと。FAXのない時代で、東京にいるカミさんに生原稿を送って。事務所はなかったし、秘書もいなかったから。でも、今度はその届け方が気に入らないわけですよ」

世間では、大河を降りて北海道に飛んだという話になっている。

「あ、そうですかね。あの後、2カ月くらいは書いていた。中村屋では部屋を2つとってもらって、ひとつを寝室、片っぽうを書斎にして」

では、その時点では降りていなかったことになる。

「降りてないです」

正式に「俺は降りるよ」とNHKに言ったわけではなかった。貴重な証言だ。

「でもね、NHKがもう代役の作家を立ててるって話は聞きました。誰だっけな。僕、名前覚えてないんだけど」

代役となったのは中沢昭二という脚本家だった。札幌に来てからも『勝海舟』を書いていたにもかかわらず、倉本は引導を渡されたかたちだ。

「というか、病気しちゃうんです。肺炎を起こして東京の病院に入院ですよ。札幌じゃ、ひとりで飲み歩いてたからなあ。

結局NHKからは、病気降板という形で大河を降りたことにしましょうという話がありました。制作側と喧嘩したのが6月ですよね。でもそのあと9月くらいまでは書いてたんです」

ドラマ全体の約5分の4だ。

「それくらいは書いていました」

**札幌での日々**

病気が治るとまた北海道に行った、というか戻った。

「やめるっていう話をして、すぐこっちに来ました。カミさんは東京です。でも、僕に何にも言わなかったんですよ。振り返れば、あの気遣いはすごいものだったなあって時々思う。感謝の気持ちは忘れていませんね。ある日電話してきて、〝貯金がもう7万円しかありません〟って言われた時は困った。だって札幌ではまともに稼いでいませんもん。

毎晩飲み歩いて、しかもツケでしょ。すすきののバーに十何軒か行きつけがありましたからね。毎日夕方の6時くらいから店に行って、飯食った後は女の子連れて何軒もハシゴして飲む。4時くらいにならないと部屋に帰ってこなかったから。そんな生活の中でヤクザと付き合ったり、板前さんと仲良くなったり、いろんな人と出会いましたね」

それ以前の倉本は東京でバリバリ仕事をしながらテレビ局の人間はもちろん、女優や俳優とも付き合っていた。いわゆる業界人たちばかりだ。ロバート・レッドフォードが監督した映画のタイトルではないが、『普通の人々』の普通でない人生みたいなものと日常的に向き合うことは、それまであまりなかったのではないか。

「そこなんですよ。僕が札幌で思ったのは、今までどうして利害関係のあるやつばっかりと、つまり業界の人間とばっかり付き合ってものが書けたんだろうってことです。愕然としましたよね。すすきので知り合ったのは、いわば異種社会の人たちだったわけで。だからすごく新鮮でしたね。

思えば東京にいる時も、何人もの役者と付き合わせてもらって、その人を理解するまでは脚本を書かなかったでしょ？　北海道に来て知らない世界に足を踏み入れたような興奮を覚えたとともに、東京にいた時の人間関係が薄れていくことに一抹の寂しさもありましたね」

# 第6章　頭の上がらない存在はいた方がいい



## 「倉本聰」ではなく「石川俊子」で

30代を順風満帆そのもので走り抜けた倉本。ところが大河ドラマ『勝海舟』でスタッフと揉め、突如札幌行きを決めたかと思えば肺炎で入院、降板とくれば脚本家人生もここで終わってもおかしくなかったはずだ。だが、私たちはその後も倉本が次々と話題作を書き続けたことを知っている。そのどん底からの〝逆転〟のきっかけはなんだったのか。そして、70年代前半の〝暗くて重い〟作風からの変化はなぜ起きたのか。退院して札幌に戻り、夜な夜な飲み歩いていた倉本を東京から訪ねてきた人物がいた。

「NHKと喧嘩しちゃったし、シナリオライターとしてはもう無理だと思ってタクシーの運転手をやることに決めたら、飲み屋で会う仲間たちが、〝あんたはタクシーよりトラックがいい〟って言うんですよ。トラック1台あれば大儲けできるって。そうか、じゃあトラックの免許取りに行くかと。

札幌の教習所へ申込用紙をもらいに行ったんです。それで宿に帰ってきたら〝お客さんですよ〟って言われた。

それがフジテレビのプロデューサーだった嶋田親一と垣内健二の2人でした。垣内は淡島千景さんや高橋英樹が所属していた事務所の社長。どこからか僕のことを聞きつけて探し回ったって言うんですね。で、〝なんでもいいから書きなさい〟と。

今、役者が6人いる。彼らをレギュラーにして、毎週誰かを立ててくれればいいと。淡島千景、高橋英樹、加東大介、長門裕之、夏純子、そして、栗田ひろみでした。

それで『6羽のかもめ』（1974〜75年、フジテレビ系）というドラマを提案したら、中村敏夫［後の『北の国から』プロデューサー］に引き合わされて。初対面だったんですけど、いきなり僕に札束を手渡してきた。これが50万円」

70年代半ば、学生だった私は仕送りの3万円とバイトの2万円で暮していた。当時の50万円は大金だ。

「しかも〝ギャラでも何でもない、ただの企画料でございますから〟って言われて。あんなに金のありがたみを感じたことはないですね。それ持って行きつけのバーを回って、ツケを全部返しちゃった。

撮影開始まで2週間くらいしかなかったんだけど、書くのは大丈夫でした。ただし、倉本聰の名前は出せないよって言ったんです。NHKが〈倉本聰は病気で降板〉って発表したから。

じゃあってんで石川俊子というペンネームにした。渡（哲也）の女房の結婚前の名前ですけどね。ただ、〈ギャラクシー賞〉に選ばれちゃったから、〝石川俊子って誰？〟ってことになり、新聞が嗅ぎ回り始めた。それで渡のところに電話して、奥さんに〝あなたがギャラクシー賞を取っちゃった〟って言ったら、〝何ですかそれ〟って怒られました。

途中から倉本聰にしましたけど、前半の10話くらいまでは石川俊子でしたね」

## テレビへの愛と憤り

『6羽のかもめ』は、劇団の分裂劇がベースとなっている。マネジャー役の加東大介が他の役者たちと一緒に退団してテレビの世界に飛び込む話だったが、テレビ局の内情を告発するがごときエピソードが満載だったことに驚かされた。当時、ドラマを通じての業界批判など異例のことだったのだ。

現時点で見直すとなおさら、倉本のテレビへの憤りだけでなく芝居や演劇に対する思いなど、さまざまなものがぶちこまれているように思える。

「そういうものをモロにぶつけちゃったんですよ。僕も、今度こそ脚本家人生は終わりだなと思ったし。

何ていうのかな、テレビに対する思いの丈……つまり、僕にとってテレビは惚れた女であり、それがダメになっていく、美しくなくなっていく。一体、誰が彼女を堕落させたのか。そんな怒りみたいなものが自分の中にたまっていたんですね」

なかでも「さらばテレビジョン」と題された最終回での山崎努の長ゼリフは秀逸だった。「倉本はテレビをやめるのか！」と見た者に思わせるような覚悟に満ちているのだ。山崎演じる、酔った作家役の役者がドラマの終盤、カメラに向かってこう言い放つ。シナリオから引用する。


「（カメラの方を指さす）あんた！　テレビの仕事をしていたくせに、本気でテレビを愛さなかったあんた！（別を指さす）あんた！――テレビを金儲けとしてしか考えなかったあんた！（指さす）あんた！　よくすることを考えもせず、偉そうに批判ばかりしていたあんた！　あんた！　それからあんた！　あんた！　あんたたちにこれだけは云っとくぞ！　何年たってもあんたたちはテレビを決してなつかしんではいけない。あの頃はよかった、今にして思えばあの頃テレビは面白かったなどと、後になってそういうことだけは云うな。お前らにそれを云う資格はない。なつかしむ資格のあるものは、あの頃懸命にあの状況の中で、テレビを愛し、闘ったことのある奴。それから視聴者――愉しんでいた人たち」

「自分でもよくぞ書いたと思いますね。でも視聴率は良くなかったんですよ。5～6%しかいかなかった。

当時フジテレビ自体が〈母と子のフジテレビ〉で、〈振り向けば12チャンネル〔現・テレビ東京〕〉っていう時代。言いたいこと言ったからもういいやなんて思っていても、やっぱり責任感じちゃいますよ。

そういえば、この時、フジの重役にも呼びつけられちゃって。

本名をそのまま役名にして、しかも女関係まで書いちゃったんだよね（大笑い）。

当時のフジテレビの重役って、僕がニッポン放送にいた頃の直属の上司だったんですけど、かなり悪いやつだったんですよ。小説を書いてた文学青年あがりなんだけど、とんでもないやつで。ニッポン放送の文芸部に在籍していた時の納会で熱川温泉かなんかにみんなで行ったんです。そしたら自分の愛人を連れてきやがった。

その怒りを忘れず、実名のままドラマに登場させちゃった。別の漢字を当てればよかったのに、字まで同じ。これはどう見ても僕のやり過ぎだったんだけど、本人の自宅に呼びつけられて、〝どう見ても俺じゃないか〟って真夜中まで怒鳴りまくられた」

劇中で中条静夫演じる「制作部長」はどう描かれていたのか。テレビ局の制作部長といえばキャスティング権を握り、局内では非常に重要な存在である。

「たとえば2話目のサブタイトルは『秋刀魚』。秋刀魚の置き方だけで1本書いたんですよ。劇中の料理番組で秋刀魚の頭を右にしたら視聴者から抗議の電話が来た。それに制作部長が過剰反応してさらに大騒ぎになるというね。

それから9話目の『乾燥機』。タレント事務所が合同でゴルフコンペを主催して、テレビ局のお偉いさんである部長を接待する話です。

その部長がコンペの優勝賞品である電気乾燥機を欲しくなる。ところがバンカーに入れちゃって、何度叩いても出てこない。で、ようやくグリーン上にボールが戻ってくるんだけど、そのボールにはパラフィンがくっついていた。当時、新品のゴルフボールってパラフィン紙で包んであったんですよ。

つまりイカサマをやったわけです。優勝どころか失格でビリにもなれない。それでも事務所の連中はみんな出入り業者だから、部長のためにユーモア賞ってのを新設して乾燥機を贈ろうとする。さすがの部長もはじめは拒否するけど、結局は受け取っちゃうんだ（笑い）」

テレビ業界の裏側の泣けるような笑えるような話に使われたのだ。

「話はまだ続きがありましてね。そのあと部長は2次会のカラオケバーでお得意のちあきなおみの『喝采』を歌い出すんだけど、大向こうから〝いよっ！　電気乾燥機！〟って声が掛かる。部長は絶句して途中で帰っちゃうんですよ（笑い）。実はね、この回で書いたのは本当の話だったんです」

怖いものなしにもほどがある。本人が見れば怒るはずだ。

## 『前略おふくろ様』が残したもの

倉本自身、これで「脚本家人生は終わり」と覚悟して臨んだ『6羽のかもめ』だったが、翌75年には同じフジテレビで『あなただけ今晩は』を手がけ、日本テレビ系では一世を風靡した『前略おふくろ様』が始まる。倉本が言うところの「ショーケン（萩原健一）と（桃井）かおり、それに室田（日出男）と川谷（拓三）という4大アクター」を揃え、倉本脚本のリアルさと相まって、今も人々の記憶に残るドラマとなった。

中でも桃井は抜群の存在感だった。倉本が「かおりはね、ホン読みの時に暗い顔してるから〝どうした?〟って聞くと、〝しんと寂しい花盛りって感じ〟なんて答える。ひとつの才能ですよ」と評する桃井には、いまも『前略』のイメージが漂う。

70年代前半は病気や死を巡る、やや重たいドラマが続いたが、倉本には心境の変化があったのだろうか。

「もっと明るいものも出来ないと大人の脚本家になれないと思って書いたのが『前略おふくろ様』です。これは日テレからじゃなくて、ショーケンからの依頼なんです。

当時、テレビ局が直接、脚本家をつかまえようってことはそうはない。ないっていう言い方も変だけど、〝おまえ、使ってやる〟になる。ところが、タレントに〝お願いします〟とオファーしに行くと、今度はタレントが、この作家が書いてくれるならって、局側に条件を出す。そういうことが多かったです」

日本テレビが萩原にオファーしたところ、「やってもいいけど倉本聰に書いて欲しい」という流れだったたというのだ。

「実は日テレから話が来る前にショーケンが会いに来て、なにか2人でできないかって話してたんですよ。ショーケンはそれまで『傷だらけの天使』（74～75年、日本テレビ系）とか、いわゆるアウトローが多かった。

アウトローって上に立つ人がいないんですよ。自分が一番強い。僕はそれって良くないなと思ったんですね。高倉健さんの映画は必ず上に人がいることで成立している。頭が上がらない親分がいて、その人のために命を張るっていうのが東映の図式なんです。たとえば鶴田浩二さんとか、嵐寛寿郎さんとかね。だから健さんが光る。つまり尊敬できる人間を持ってる人間が光るんです。尊敬される人間は別に光らない。自分がお山の大将になっていても限度があるから。ある時期から（石原）裕ちゃんはそういう状態にあったんです。

で、ショーケンに今あなたのやってることはみんなお山の大将で良くないと。もしも板前の話をやるんだったら、あなたが頭の上がらないやつをいっぱいつけようじゃないかって話しました。

おかげでショーケンは光ったんですね。髪型もロン毛をバッサリと切って角刈りにしてもらって。それと山形という地方出身の無口な人間っていうのもテレビであんまり書かれてなかったし」

無口な主人公のドラマなど、普通は困る。

「それでナレーションで補うことにした。実は日活ではナレーションは禁じられてたんです。江守清樹郎〔人気俳優や名監督を育てた日活の重役〕っていう人が、ナレーションと回想を安直だとして許さなかったんですよ。あれは卑怯だと。

日活の規則でしたね。だから僕もそれまで使わなかったんですが、山田太一さんの『それぞれの秋』(73年、TBS系)に小倉一郎のナレーションがあって、〝うん、この使い方いいな〟って思った」

『前略おふくろ様』は、萩原健一演じる山形出身の無口な板前、片島三郎(サブ)の心の中の声で語られるナレーションが大きな特徴だった。そのナレーションには、倉本ならではのメッセージが込められていた。

「どんな無口な人間でも、インナーボイスっていうのはあるはずなんです。〝おいしいですね〟って口に出すけど、心の声は〝おいしくないよ、これ〟っていう。そのギャップをナレーションにしたわけです。

その時、文体として思いついたのが、僕がニッポン放送時代にやった山下清の『裸放浪記』でした。山下清の〝なんとかなんだな、やっぱり〟みたいなとつとつとした語りをベースにすることにしたんです」

サブの語りも、「それは女のやさしさで」とか、「オレはほんとに困るわけで」とか全部を言い切らず、見る側に想像させる余韻を残す。

「でも、初めの頃はショーケンに伝わらないっていうか、うまくできなくて。僕、必ずナレーション録りに行って口立てで教えてました。

ナレーション録りに来る脚本家なんて普通はいないんですが、とても大事だったんです」

そうやって『前略』の神髄ともいえる、あの独特のナレーションが生まれたのだ。

「だから『北の国から』は『前略』の亜流です」

倉本は韜晦《とうかい》するが、〝亜流〟ではなく〝進化形〟であろう。

## 安藤昇と岩城滉一

「第2シリーズでは安藤昇さんに出演していただいたんですよ。安藤昇本人役としてではなく、役者として。自殺する中小企業のオヤジの役です。これがすごく良かった」

本物のヤクザだった安藤昇は、60〜70年代にかけて多くのヤクザ映画に出演していた。

「それで撮影が終わったとき、安藤さんに〝お時間ありますか〟って誘われて、渋谷でお茶を飲んだんです。すると〝うちに若い衆がひとりいるんですが、会ってやってくれませんか〟って。そしてすぐ駆けつけてきたのが岩城（滉一）だった。

物おじしないし面白い。安藤さんが〝こいつを『前略』に出してやってくれませんか〟って言うんで、急遽、最終回にシーンを書き加えて登場させたんです。そしたらたちまちショーケンと衝突した。

要するに、岩城から見るとショーケンは〝ハンパ〟だって言うんですよ。人間として〝不良ぶってるけどハンパで、不良のフリをしてるだけだ。その点、オレはちゃんとしたフリオです〟。それで僕が面白がって〝明るいフリオだ〟って命名した。あいつ、すぐカッとなるんだけど、謝るべきところは謝るし、筋を通すしね。だけどショーケンはショーケンで岩城に屈しなかったですよ」

岩城は高倉健が主演した『あにき』（77年、TBS系）にも出ている。

「面白いやつだから、レギュラーで出したんです。ところがその後、岩城がとっ捕まっちゃった。容疑は覚せい剤取締法違反と銃刀法違反（拳銃所持）。

それでまあ、岩城は完全に干されるわけですよ。何年かして、フジテレビで『北の国から』をやる時に岩城を出演させることを条件に引き受けた」

なるほど、〝草太兄ちゃん〟は復帰作だったのだ。

「そうです。岩城以外にも、覚醒剤で捕まった室田（日出男）は『祭が終ったとき』（79年、テレビ朝日系）で復帰させましたしね。

またあの頃は僕の周りがやたらと覚醒剤や大麻で捕まったんですよ。それで某夕刊紙に〝北海道在住の某有名脚本家が大麻を栽培して仲間に流してる〟なんて書かれたこともありましたね（笑い）」

## 人間描くアクション『大都会』

『前略おふくろ様』が放送中の76年、倉本が初めて石原裕次郎と組んだ『大都会　闘いの日々』（日本テレビ系）が始まった。ただし、『大都会』の主人公である黒岩頼介刑事を演じたのは渡哲也で、裕次郎は新聞記者役だった。石原プロ作品の中では異色作と言ってよいだろう。

「その昔、裕ちゃんはターキー〔水の江滝子〕さんに拾われて、彼女の家は裕ちゃんの家と地続きにあった。そのターキーさんが事務所を起こす時に、役員になってくれって言われて、僕と斎藤耕一〔前出・映画監督〕の2人が引き受けたんです。それで夜までターキーさん宅でいろんな話をしてると、風呂上がりの裕ちゃんがやって来る。勝手に冷蔵庫開けてビール飲んだりしてるんです。裕ちゃんと僕は生まれた日が4日しか違わなくて。

僕がニッポン放送を辞めて日活に入った時は、もう雲の上の人でしたね。一緒に山形へ学童疎開したやつが裕ちゃんとも友達だったりしましたが、普通に口をきけなかった。それにあの頃、太陽族っていうのは僕たちにとって異人種に見えました。だって、こっちは普通の貧乏学生でしたから、ヨットを操り、車で遊び回る学生なんて、どういうブルジョアのドラ息子だっていう感じで」

社会科の教科書や歴史年表には「昭和何十年に太陽族流行」みたいなことが書かれて

いる。まるで当時の若者全体が太陽族だったように思ってしまうのだが。

「いやいや、僕らの周りに太陽族なんていませんでしたよ。

ええ。海で女の子ナンパしてなんてとんでもない話だし、ヨットに乗るって一体、どういうことなんだって。あれは特殊なやつらでしたね」

渡哲也はNHKの大河ドラマ『勝海舟』の時に主役を降りている。『大都会』はそのリベンジという面もあったのだろうか。

「そういうことでもないですね。というのも、僕は、病気で弱っていた渡をNHKから降ろしちゃったでしょ。

NHKと喧嘩したっていいから降ろさないと渡を殺しちゃうよって迫った相手がコマサ［小林正彦・前出］だったんです。おかげでコマサとは強い絆ができました」

小林は、コマサという名が示すように、ホテルのロビーに座っているだけで堅気とは違うオーラを放つ業界の有名人だった。

「そのコマサからアクションをやりたいって頼まれたんですよ。石原プロとしては当然の企画かもしれませんが、僕はそのジャンルってあんまり書いてこなかったから最初は断った。

それでもコマサが引き下がらないので、〝人間を描くアクションならやってもいい〟と答えて、『大都会』になったんですね。

アクションというか、暴力に引きずられていく人間を書きたいと思って作ったんですけど、パート2あたりからはだいぶ変わってきたんで僕は手を引きました」

### 高倉健との秘話

77年には『あにき』（TBS系）が放送されている。下町で暮らす鳶《とび》の組頭の兄、病気で婚期を逃した妹。その2人と周囲の人々との触れ合いを描いたこの作品の主人公を演じたのは高倉健だった。高倉健が連続ドラマに主演した最初で最後の作品である。

「そう、唯一ですね。それまで付き合いがなかったんですが、大原麗子が〝一度、会いなさい。健さんも会いたがってるから〟って紹介してくれた。

初めて会ったとき、僕がちょうどその翌日に海外へ行くと言ったら、〝そうですか。じゃあこれ持ってってください〟って首からペンダントを外したんです。

いきなりその場で。しかも14金かなんかのすごくいい物で、トップの裏側に家紋が彫ってあった。〝うちの家紋なんです。だからこれは返して欲しいんですが、倉本さんの家紋は何ですか〟って聞かれました。作ってくれるというわけです。〝とりあえず、今回はこれを〟って言われて、首にかけたらあったかい。今まで健さんが身に着けてたわけだから。もう一発でやられちゃいました。

人にプレゼントするのが好きで、ロレックスの裏側に僕の名前を彫ってくれたのも持ってますよ。ペンダントはなくしちゃいましたけど（笑い）。

その時、テレビの話になりましてね。当時、ギョロナベ［渡辺正文プロデューサーのこと］っていうのがTBSにいたんですが、その悪徳プロデューサーのギョロナベが健さんと親しかった。何で親しかったかっていうと、ある政界の黒幕、フィクサーがいたんです。彼の屋敷が麻布にあって、芸能人や有名人の社交クラブみたいになっていた。健さんとか長嶋（茂雄）とか大原麗子とかそういう人たちしか入れない。

いや、ものすごい場所なんです。そこになぜかギョロナベも顔を出していて、健さんをTBSに出すっていう話になった。僕は健さんから〝実はTBSから話が来てるんですけど、倉本さん書いてくれませんか〟って言われて、〝もちろん書きます〟と。

健さんが〝それで、どういうものをやったらいいでしょう〟って尋ねるから、〝やっぱり健さんのイメージっていうのがあるから、鳶とか火消しとかがいいような気がします〟と答えました」

倉本は、『前略』の萩原健一にも同じようなことを言っている。

「ええ。〝主人公が頭の上がらない、重しのような存在を置いた方がいい。健さんは鳶の小頭で、その上に頭をつけましょう〟って。組の頭として島田正吾を置き、さらにその上の長老に佐野周二を置いた」

文句のない重しである。

「そのキャスティングがポンと通って、大原麗子や倍賞（千恵子）さんも出てくれました」

# 第7章　都会で競ってる知識なんてなんの役にも立たない

１９８０年代、倉本が取り組んだのは、後に国民的ドラマと呼ばれることになる『北の国から』（フジテレビ系）だった。

レギュラー番組として全24話の放送が始まったのは81年10月のことだ。東京から故郷の北海道・富良野に2人の子供を連れて戻ってきた黒板五郎（田中邦衛）が、廃屋となっていた実家で暮らし始める。以来、『北の国から ２００２遺言』までの約20年間、視聴者は黒板一家を遠い親戚か知人のように見守り続けた。

まず内容が重層的だった。家族の危機と再生の物語というだけでなく、仕事、子育て、高齢化社会、地域格差といった多様なテーマが盛り込まれていた。まさに〝社会の合わせ鏡〟としてのドラマだったのだ。

## 『北の国から』と富良野

倉本は当初、フジテレビからどんなオファーを受けていたのか。

「映画の『キタキツネ物語』(78年)が当たった後でしたか。ぜひ、ああいうものを作りたいと。

でも、あの作品は監督の蔵原(惟繕)さんが知床の斜里町や網走で4年も粘って撮ったものだし、〝それだけのこと、あんたたちはやらないでしょ?〟って断ったんです。そしたら、じゃあ北海道で日本版『アドベンチャー・ファミリー』(77年、米映画)はどうでしょうときた」

ロサンゼルスで暮していた一家がロッキー山中に移住する物語だ。家族が力を合わせて大自然と向き合う姿が評判を呼んだ。

「あれは何もないロッキーが舞台で、そんなとこ北海道にありませんよって言ったんだけど、〝いや、テレビを見るのは主に東京の人だから、いいんだ〟と。

もう、カチーンときたわけです。北海道を舞台にドラマを作って東京の人に見せるからって、北海道の人間が嘘だ!　って思ったらね、そんなものは作るべきじゃない。たとえば『前略おふくろ様』だって、板前さんたちが見て納得してくれなかったら駄目ですから。北海道のドラマを書くのに、北海道民はどうでもいいっていう言い草はなんだって怒って、つい自分で企画書を書くって言っちゃった」

倉本にはすでにベースになる構想があったのだろうか。

「というか、僕自身が初めて富良野に来たときって、住むと決めた場所はただの荒れ果てた森だったんですよ。のちに町は電気だけは通してくれたけど、水は、北の沢から引くところから始めました。ゼロからやったんです。だから『北の国から』に書いたことは、ほとんど自分の体験です」

まるで富良野のロビンソン・クルーソーである。しかし気になることがある。以前から倉本は借金が嫌いだと公言していたが、富良野の土地を手に入れた時も借金はしなかったのだろうか。

「いえ、借金しました（笑い）。最初、僕が土地の3分の2を買って、八千草（薫）さんに3分の1を買ってもらったんです。でも八千草さんはそのあとすぐ八ヶ岳にもっと広い土地を買っちゃったんで僕が買い戻した。人生初の借金です。

もともとは大滝（秀治）さんを含めて3人で買おうと思ってたんですよ。広さが14

00坪あったんですけど、大滝さんが見に来て〝私は降ります〟。大滝さんが描いた1400坪のイメージは〝こっちが雨でも向こうは晴れてる〟みたいな広大なもので。〝私はやめる〟になっちゃった。

結局全1400坪を購入することになって、銀行から借金する時の身元保証人が作家の阿川弘之先生。佐和子のお父上にお願いした。だからその後、先生に電話すると〝おまえどこから電話してるんだ、高いからかけるな、まだ金返してないだろう〟って。

でも3年ぐらいで完済したんですかね」

『北の国から』を書き始める2~3年前、暇を持て余していた倉本は北海道の原野を歩き回った。そこで目にしたものが物語の核となっていく。

「農家の廃屋がやたらと目についたんですよ。その中に入ると、壁に〈寂しいときにはあの山を見た〉なんていう落書きがあったりして。ランドセルも置いてあるし、広げた『少女フレンド』の表紙には子役時代の小林幸子の写真。

まさに夜逃げの光景です。

ちゃぶ台があって、ご飯も食べかけのままいなくなってる。草むらの中に屋根の潰れた家が隠れていて、その屋根を剥がして中を見てたんです。

なんか、やけに廃屋に興味を持っちゃったんだな。怨念が染みついてるみたいで、ちょっと怖かったけど」

## 北海道の3つの廃屋

「北海道にはね、3種類の廃屋があるんです。海岸に残された番屋［漁民の作業場兼宿泊所］の廃屋。原野に残された農家の廃屋。それから、山に残された炭住［炭鉱労働者用住宅］の廃屋。どれもかつては日本の基幹産業だったんだけど、使い捨てにされちゃったっていう歴史がある。

それに北海道の夏って短いでしょう？　狂ったようにいろんな花が一斉に咲くんですよ。あれも北海道に来た移民たちの屍っていうか、死体の骨の栄養を吸って花になるんじゃないかって、そんなイメージがものすごく強かった。それをベースに『北の国から』っていうドラマを作ったんです」

北海道の3つの廃屋。直接体感した北海道の重い現実が、道内の人が見ても嘘のないドラマへと結実したわけだ。

「まずフジテレビの鹿内《しかない》春雄さん［当時、フジテレビ代表取締役副社長。後にフジサンケイグループ議長」が乗ってくれて、〝ほんとにやるの？〟って聞いたら、〝やる〟って言った。あの頃、フジは低迷というか、どん底の時代でしたが、だからこそ起死回生の奥の手と考えたんじゃないかな。財界のパーティーかなんかで会った時も、春雄さんが〝ほんとにやると約束する〟って言うから指切りまでした。〝嘘ついたら針千本のます〟って。それで成立したんです（笑い）」

連続ドラマなのに、1話ずつがスペシャル番組のような予算だったであろうことは、あのドラマを見ていれば想像がつく。謎だったが、鹿内案件だったのなら納得がいく。

「誰もドラマの成否は見当がつかなかった。だけど、中村敏夫っていうプロデューサーが始めちゃったからね。始めちゃったんだけど、地元の人たちはフジテレビという局名が分からなかったんです。札幌にＵＨＢ［フジテレビ系の北海道文化放送］というテレビ局はあったけど、当時、ロケ地である麓郷《ろくごう》にはＵＨＢの電波が届いていなかった。フジの番組を見ることができなかったんです。

フジテレビっていっても信用してもらえなくて、ホテルもタクシーもツケが利かない。全部キャッシュになる。しかも役者たちは東京との往復で費用がかさむでしょう？　邦さん（田中邦衛）、いしだあゆみ、竹下景子、それから大滝（秀治）さんにも〝とにかくみんな一人で来てくれ、付き人なしで頼むよ〟って頼んだ。それでも、純（吉岡秀隆）と蛍（中嶋朋子）は母親がつかないといけないからね。

富良野市なんかも全く協力してくれませんでした。旅館も自分たちで口説いて割安にしてもらって。半年間放送するものを1年半かけて作ったんで、予算がたちまち1億円を超えたんです。今の5億円ぐらいかな。プロデューサーの中村敏夫が部長に伝票を上げても怖がって通してくれないから、机の上に山積みで。さすがの敏夫も神経性の膵臓炎になって入院しちゃった」

背景を説明すれば、1970年にテレビマンユニオンなどの制作会社が誕生したことを受け、何とフジテレビは翌71年に制作局を廃止する。番組は外部が作ればいい、うちは流すだけで商売になるという論理だった。だが、さすがにまずいと考え、制作局を復活させたのが80年ごろ。そんなドタバタの中での億単位の出費は規格外だ。

「だからフジとしては何とかして視聴率を取らなきゃいけなかった。村上七郎さんっていう熱心に応援してくれる専務がいて、僕たちに〝もしも20％を超えたら、おまえら全員ハワイに行かせてやる！〟ってゲキを飛ばした。

ところが、裏には『想い出づくり。』（81年9月〜12月、ＴＢＳ系）があった」

山田太一脚本のドラマである。当時の適齢期を迎えた森昌子、古手川祐子、田中裕子という3人のＯＬが最後の青春を楽しもうと街をさまよう物語だった。倉本ドラマと山田ドラマが完全に裏表になったのは、あの時だけだ。

「あちらが先行していて、ぶつかっちゃったわけです。おかげで視聴率がなかなか上がらない。恨みましたね。こっちは1年半もかけて、それまでにはなかったことをやってるのにって。でも向こうの放送が終わったら数字がぐぐっと伸びたんです。最終回でついに20％を超えた。

村上さんのところに行ったら、〝分かってる。あの件だろ？〟〝そうです〟〝覚えてるし、約束は守る〟〝ありがとうございます〟〝でも俺はあの時、おまえら全員って言ったか。このあたりだけを指しておまえらって言わなかったか〟って（笑い）。結局、僕ら制作陣5人ばかり、ハワイのスイートで豪遊させてもらいました」

## 「本当に石の山を運ばせろ」

『北の国から』の撮影が始まったのは放送の前年、1980年の夏からだった。

北海道の四季を織り込んだドラマ自体が前代未聞で、撮影、照明、録音といった技術スタッフの苦労も並大抵ではなかったはずだ。

「しかも最初はフィルムで撮ろうとしてたんです。あの頃はまだフィルム番組も残っていたし。

共同テレビの社長になる前だった岡田太郎さん〔元はフジテレビのディレクターで、吉永小百合の夫〕が、〝これはフィルムではなくビデオでやるべきだ〟って言い出した。僕も賛成だったからビデオで始めて、途中からはハイビジョンになるんですね。

なぜフィルム撮影を考えたかというと、当時、ビデオは立ち上がり〔撮影可能になるまでの時間〕が遅かったでしょう？　フィルムの方が動物とかを見つけた時にすぐ撮れると思ったんです。動物の撮影は大変ですから。

竹越（由幸）さんっていう粘り強いカメラマンがいてね。寒い山の中でもじっと待機して、必ず欲しい絵を撮る人で。あのドラマは竹越さんのおかげなんですよ。

それと、考え方を大きく変えなきゃ書けませんでしたね。たとえば、僕が東京で碓井さんに会おうとすれば、すぐに電話して喫茶店なんかで待ち合わせしたりする。それが当たり前でしたが、そもそも五郎の家には電話がない。周囲に喫茶店もないんですよ。都会の当たり前がそうじゃなくなる。

たぶん畑にいるだろうってオンボロ車で捜し回る。そして、畑の脇に車を止めての立ち話になる。喫茶店のシーンなんて書けない。それがリアルなんですよ。しかも寒い中で撮らなきゃいけないどころか、ふぶいてたりする。

スタッフは東京の撮り方に慣れてるもんだから、役者を甘やかすんですね。純と蛍がネコっていう一輪車で石を運ぶ場面がありましたが、スタッフは下にいっぱい藁を積んで、うわべだけ石を置くんですよ。

それはやめてくれと。〝本当にあっちの石の山からこっちに運ばせろ〟って言った。で、実際にやらせてみるとつい石をいっぱい積んじゃうから、すぐに崩れて転んじゃう。それがもう見ていて面白いんですよ。

原野でたき火する時も、普通は美術さんが全部お膳立てしてしてくれますが、そんなことやっちゃだめだって。初めて東京から来た子供なんだから。とにかく薪に火をつけさせろっていって、火付け用のガンビっていう白樺の皮を渡した。でも、なかなか火がつかない。そのことをリアルにやったんです」

## リアルを支えるもの

都会の子供たちが直接火を使うことはほとんどないだろうに、そうしたドラマ内のできごとを実際に子役にやらせていたのだ。

「子役も演技の時しかやりませんし、それで一生懸命やってるってことになる。でも、このドラマでは通用しませんから現場に行って指示しないといけない。

ずいぶん現場に通いました。そうしないと本当のドラマにならないんですよ。大人の役者たちもなかなか変わらなかったですね。それを変えてくれたのは、（いしだ）あゆみちゃん〔五郎の妻で純と蛍のお母さん役を演じた〕なんです。

廃屋でのロケは、外は寒いから自分の出番が終わるたびに建物の中で暖をとるんですが、あゆみちゃんだけは表に立ってるんですよ。他の役者が〝入りなよ〟って言っても、〝私は4キロの道のりを歩いてきたって設定だから体を凍らせます〟と。邦さん（田中邦衛）たちがすごく驚いてね。それから現場の雰囲気がずいぶん変わりましたよ」

いしだあゆみの取り組み方、まるで高倉健である。

「ちょうどその頃、健さんは映画『駅　STATION』（81年、倉本聰脚本、降旗康男監督）を留萌《るもい》で撮っていた。邦さんは『駅』にも出ていて、僕も向こうの撮影をのぞきたいから、こっちの撮影が終わると車に乗せて送り届けたりしてたんです。

最初はスタッフもドラマ全体をつかみきれてなかったですね。立ち上がりはプロデューサー兼演出の富永（卓二）が頑張って、途中から杉田（成道）や山田良明が入ってきた。特に杉田の参加が大きかった。

でも初期は分かってもらえませんでしたね。僕が本当に書きたいのは何なのか、プロデューサーの（中村）敏夫ですら分かってなかった。

脚本も、撮影前に全24話を書き上げていたわけではなくて、12、13話ぐらいまでじゃないかな。

真冬の富良野ロケも本当に寒かった。特にあの年の冬は連日マイナス二十何度で。カメラやライトのコネクション部分が凍っちゃう。自分たちはこういう寒さの中での暮らしを描いてるんだってことが次第に分かってきて、みんな本気にならざるを得なくなった。

とはいえ、純や蛍も子供だったわけですよ。夜、蛍を膝の上に乗っけて抱えてやると寒さもあってすぐ寝ちゃった。純なんかは〝杉田死ね！　倉本死ね！〟って台本の裏に書いてました（笑い）」

物語の中で「東京に帰りたい」と言っていた純の気持ちや表情は本物だったのだ。子供たちにしてみれば、ドラマを作っているのか、ドキュメンタリーを撮っているのか分からないような過酷な現場だったのである。

「リアルでしたね。今なら児童虐待もいいとこですよ（笑い）」

## 北海道の女の強さと独立心

81年に連ドラとして始まった『北の国から』は、その後スペシャルとして20年以上も続いた。書き進める中で、元の構想が変わったりはしなかったのだろうか。

「僕の中で大きく変わることはなかったけれども、都会から来た蛍が、だんだん北海道の女になっていくのは変えちゃった部分ですね。それは、僕が札幌で遊んでる頃に北海道の女をさんざん見てたからです。北海道の女って、非常に強い。独立心があるんですよ。男なんかに頼ろうとしない。

当時、商工会議所の会長の奥さんも町のスーパーでパートしてたり、みんな、よく働くんです。その一方で、主婦が自分の亭主じゃない別の男を連れて集まる飲み会なんてのがあったりしてね。

札幌っていうのは東京から単身赴任で来てるやつが多い。女はそういうのと関係ができるけど、男はやがて栄転で東京へ戻っていくでしょう？　その時にね、大きなバーなんかで送別会を開いて、ザ・ピーナッツの『ウナ・セラ・ディ東京』〔「哀しいこともないのになぜか涙がにじむ」というサビの歌詞が有名なヒット曲〕を「ウナ・セラ・ディ札幌」に替えてみんなで歌ったりしたんです。

そういう時に愛人だけが加わらない。で、僕はそばにいって彼女を慰めるっていうことが何度もあった。だから蛍を駆け落ちで妊娠させたんです。ああいうふうになっちゃうんです。強いですよ、こっちの女の人は。

みんなかわいい顔してるけど、東京の女とは芯がぜんぜん違う。それに、おおらかですよ。自分も楽しむというか」

『北の国から』をスペシャルではなく、ずっと連ドラの形で続けたいという気持ちはなかったのだろうか。

「それはなかったですね。2、3年おきでもいいかなと。というのは、純より蛍なんです。蛍の成長ぶりがすごく面白かった。

その変化が分かるように、『北の国から』でも年に1本くらいのペースでスペシャルをやろうって話になりました。最初の頃はそんなに視聴率も上がらなかったんだけど、

『'87初恋』あたりからバーンと来ましたね」

横山めぐみがヒロイン「れいちゃん」を演じ、いまでもシリーズの中の好きな一本として挙げる人が多い作品だ。

「大人になった純は地元で暮らすことになる。例えばこっちで暮らそうとするとゴミ処理しかなかったりして、いわば底辺の仕事に入っていく。１日いくら稼げるかっていうギリギリの生活です。

当時、村おこし、一村一品、地方の時代とかって、かけ声だけは妙に盛り上がっていましたが、実態はひどいものですよ。竹下登のふるさと創生資金なんていうのもありましたけど、どこ行っちゃったんだか」

連ドラの『北の国から』が終わってすぐ、倉本は若手俳優と脚本家を育てるために富良野塾を始めた。２０１０年に閉塾するまでの26年間に約３８０名が学んでいる。２年間の授業料は無料だが、塾生たちは地元農家の仕事を手伝うことで生活費を稼いだ。

「おかげで農村部とも付き合いができて、塾生たちが農家から受ける扱いなども学びましたね。リアルな農村が見えてくるところがあった」

## 北島三郎から学んだこと

「リアルっていえば『北の国から』の前にやった『幻の町』(76年、HBC制作)では北島三郎［桃井かおりの恋人役を演じた］と出会うわけです。サブちゃんは『幻の町』のロケ地の小樽で出演する予定だったんですが、吹雪で飛行機が遅れてなかなか到着できない。笠智衆さんと田中絹代さんと桃井かおりがずーっと寒い中で待ってたんです。

迎えの車は千歳の空港を出てるんだけど、吹雪でどこにいるか分からない。サブちゃんを待ってる2000人のお客も固まっちゃって。それで演出の守分(寿男)さんがタクシー会社に電話して、サブちゃんの乗った車がどこを走ってるのか調べてもらった。そしたら、目撃情報がバンバン集まってきて、到着した途端に観客はワーッと大騒ぎ。それでね、なんでサブちゃんってこんなに人気あるんだろうと思って周囲に聞いてみたんです。そしたら遠洋漁業に出る漁師たちが持っていく音楽は、都はるみか北島三郎だけなんだって。

それでサブちゃんに頼んで付き人をやらせてもらいました。マジで。12月に『幻の町』のロケをして、1月には函館から青森まで1週間の巡業の旅です。僕、そこで思想が変わっちゃったんですよ。サブちゃんのコンサートっていうのはだいたい学校の体育館でやるんですが、午後1時からのスタートだと、もう11時には吹雪の中を老若男女が風呂敷包みのでっかいのを背負って現れるんです。

体育館だから暖房も何にもなくて、暗幕のすき間から雪が吹き込んでくる。床に観客たちが持ってきた座布団と毛布がびっしりと敷かれ、12時過ぎには超満員でした。

会場には楽屋もなくて、20人ほどのバンドメンバーも皆凍りついてましたが、サブちゃんのところだけはこたつがあった。付き人だった僕は、せんべいに蜂蜜を塗ってサブちゃんに差し出すのが役目で。

いわゆるワンマンショーで、第1部はヒット曲を歌い続けるんですが、2部のリクエストコーナーで驚いた。サブちゃんは〝自分は流しをやってたから3000曲はカバーできる。最近のコマーシャルソングとテレビの主題歌はちょっと勘弁してね〟なんて。続けて〝バンドの20人には200曲は入ってるけど、それ以上は入ってないんだよね。でもね、こっちにいる4人は俺とずっと一緒にやってきた連中だから3000曲全部できる〟なんて言うもんだから、会場はワーッと大歓声。このやりとりがめちゃくちゃ面白い。

つまりね、偉い人も貧しい人も学歴もへったくれもないんですよ。人間対人間なんだ」

倉本の中で、北島三郎の公演に集まる人々と、ドラマを見ている人たちが重なり始めたということか。

「それからね、観客のおばちゃんが『女刑事』ってリクエストした時に、サブちゃんは〝俺、今までごめんなさいって言ったことないんだけど、ごめんね、『女刑事』って歌は知らないんだわ〟って謝った。で、〝じゃあ、次の人〟って言いかけてハッとするんです。〝ちょっとさっきのおばさん、もう1回言ってくれ。あんたそれ、『女刑事』じゃなくて『婦系図《おんなけいず》』だべ〟って。なまりでジとズが分からなかったんだ。

それを見ててね、俺は今まで誰に向かって書いてたんだろうって思った。こういう人たちに向かって書いてたんだろうかって、すごく反省したわけ。富良野でね、近所の農家さんが夜の10時ぐらいまで働いて疲れ果てて帰ってきて、風呂に入ってビール一杯飲みながら俺のドラマを見てくれるのかって。

今まで自分は都会で一緒にやってるディレクターとか評論家とか、エリートに向かってものを書いてたんじゃないか。そういう部分が自分の中にあったんじゃないか。地べたに座らなきゃ駄目だと分かった。

あれがなかったら、『北の国から』は成立していない。一番の原点ですね。こっちに来て、僕には地元の人たちが偉く見えた。知識の世界じゃなくて知恵の世界なんですよ。学歴とか偏差値とか都会で競ってる知識なんてなんの役にも立たないと気づいた。ガラッと変わりましたね。やっぱり、そこが一番大きな転機でした」

ドラマ『北の国から』には倉本聰のコペルニクス的転回が反映されていたのだ。

**横山めぐみを見て「これだ！」**

２００２年まで続いた『北の国から』には、魅力的なヒロインが何人も登場した。いしだあゆみ、竹下景子、原田美枝子などが連ドラには出演していたが、『'83冬』では草太兄ちゃん（岩城滉一）が惚れた風吹ジュン。『'87初恋』は〝れいちゃん〟役でデビュー、しかも出色の演技だった横山めぐみ。『'89帰郷』では洞口依子が出演した。『'92巣立ち』には純が妊娠させて騒動となる役柄で裕木奈江。『'95秘密』と『'98時代』でシュウを演じた宮沢りえ。これは宮沢りえが出演したドラマの中でもベストに近い演技なのではないか。最後の『２００２遺言』が結《ゆい》ちゃん役の内田有紀で、この「結ちゃん」がまた存在感のある女性だった。

「それぞれ思い出しますねえ。大竹しのぶもそうですね」

大竹は『'95秘密』で蛍の不倫相手だった医師の妻役で出演している。

倉本は出演する女優たちを当て込んで、つまり、想定して脚本を書いていたのだろうか。いわゆる「当て書き」だ。

「横山めぐみはオーディションなんですよ。もともと決まっていた子が撮影の1週間前にプロダクションと喧嘩して、芸能界を引退しちゃった。

それで2度目のオーディションをやったんだけど、いい子がいない。どうしたもんかと思っていたら、ファッションモデルのプロダクションが最近スカウトした女の子がいるっていうんです。全くの素人です。

その子が高校生で、いま学園祭に行ってると。それで30分遅れで入ってきたんですが、見た途端に〝これだ!〟って。奇跡みたいに決まりましたね。

逆に宮沢りえはね、反対したんです。あの頃、貴花田〔元・貴乃花親方〕との婚約騒動とかすごかったでしょう? それにスター過ぎるんですよ。『北の国から』には合わないと思ったんですが、杉田（成道）が猛烈に押して、やってみたら非常に良かった」

裕木奈江はこの作品で注目され、翌年のドラマ『ポケベルが鳴らなくて』（93年、日本テレビ系）に出演すると、憎まれ役の演技があまりに真に迫っていたせいかバッシングまで受けた。

「実は裕木奈江も知らなくて、杉田のキャスティングなんです。『遺言』の内田有紀は僕が押して決めました」

　ということは、裕木のタマ子も宮沢のシュウも、本人を想定した当て書きではない。彼女たちが役柄を自分のものにしていったのだ。

「そうです。あの頃は東京にいる時ほど女優さんとの付き合いもなかったし、いわば芸能界から遠ざかっちゃったわけです。新しい人を探すのはディレクターたちに任せた方がいいと思った。それが良かったのかもしれません。全体としては、うまくいきましたよね」

　1本終わるとすぐ次の準備に取りかかったのだろうか。

「いや、空白がありましたね。空白があったけど、やっぱり2、3年休んでると、その間に次のモチーフというのが出てくるんですよ。それと、モチベーションも徐々に高まってくる。

　もしも東京在住だったら、『北の国から』はあんなふうに続かなかったんじゃないか。

北海道というか、富良野が素材や題材の宝庫だった。

冬に雪の中で暮らすのと、東京の人工的なものの中にいるのとでは、考え方が違っちゃいますよね。へんな話だけど、福島の原発が3・11で爆発したあと、復興庁が霞が関にあるのは、僕〝バカじゃないか〟って言ったんです。

どうしてがれきの見える場所に復興庁を置かないんだって。目の前にがれきを見てるのと、窓の外に銀座のネオンを見てるのとでは、モチベーションが全く違う。

東京から送られてくるドラマって、東京の人が作るから舞台がほとんど東京でしょう？　東京っていうか都市でしょう？　そこがキー局と地方局の違いというか、テレビも格差社会なんです。

地方の若者たちも東京の新しいお店は知っている。みんな東京に行きたくなっちゃうんです。あれしか見てないから」

## 黒板家のルーツを探る物語

シリーズのラストは『北の国から　2002遺言』だった。これは倉本自身が幕引きを決めた結果だったのだろうか。

「いや。僕はもっと続ける気だった」

私も、たとえば50歳の純を見てみたかった。

「全くそのつもりでした。でも、いきなり演出の杉田（成道）が宣言しちゃったんです。カメラマンはじめ、今まで作ってきたスタッフがみんないなくなっちゃって作れないと。だったらメンバーをかえればいいじゃないかって言ったんだけど、だめだった。

それでね、僕がそのころ考えた物語があるんです。タイトルは『北の国から　1900』。黒板一家のルーツを探るっていう話です。

話は維新の前夜から始まるんですが、北海道に来た移民で一番多いのが徳島なんです。徳島藩っていうのは蜂須賀家だったんですけど、淡路島は稲田っていう家老が治めていた〔現在の淡路島は兵庫県だが、もともとは徳島藩領だった〕。頭のいい家老でね、参勤交代に家臣を出さない。そのカネで若い連中を欧州へ派遣するんですよ。すごくシャープな若者が戻ってきて明治維新を迎える。

中央政府が廃藩置県で徳島県をつくろうとした時も〝うちは参加しない〟って言い出した。それで蜂須賀が怒って戦争になるんだけど、めちゃくちゃ弱くてすぐ潰されちゃって。結局、稲田家は北海道の静内へ移住を命じられた。

ドラマでは、一行が襟裳岬のほうに流されるんですが、その末裔が黒板五郎の一家。黒板一家は山道をたどって富良野まで来るわけですよ。で、川のほとりに家を造るんだけど下流にもう1軒、別の一家が住んでいた。黒板一家はその上流に家を構えたために水争いが起き、両家は対立して険悪になるんです」

この話、どこで『北の国から』になるのか……。

「そんな中で黒板一家の息子と川下の家にいる娘が恋をする。それを純と蛍、つまり吉岡（秀隆）と（中嶋）朋子でやろうって。2人が原野の中でまぐわうんですよ。それをやりたかった」

まぐわうときた。

「2人がまぐわったところで、うしろの景色が変わっていくんですよ。ここはCGで、どんどん森が薄くなったりして、そこへ一家の歴代のフィルムが重なっていく。5代目ぐらいに黒板五郎のあの顔が出てくる。そして、最後に純と蛍が出てきてそれが全部畑になったところを走り出して、♪らら～ららら～で始まる1981年からの物語につなげる。そういうドラマを僕は真面目に考えた」

## 「座標軸」としてのドラマ

純の「電気がなかったら暮らせませんよお」という戸惑いから始まったこのドラマだったが、ラストで黒板五郎は純と蛍に遺言を残す。「金なんか望むな。倖せだけを見ろ」。あるいはこんなセリフもあった。「自然から頂戴しろ。そして謙虚に、つつましく生きろ」。これらは当時の倉本聰がたどり着いた、いわば人生哲学ではないか。

「僕自身が変わっていきましたからね。最初は純の目線で書いてたんですよ。こっちに来て初めて見る地方っていうのが珍しくて新しかった。

それがシリーズの後半から五郎さんの目線に変わっていく。僕の感覚がどんどんネーティブ［もともとの住民］に近くなっていったんですね。すると中村敏夫（プロデューサー）や杉田成道（ディレクター）が都会人に見えてきたし、都会自体もあほらしくなってきた」

道産子である五郎は東京からのUターンで、改めて富良野の人になっていく。倉本自身が変わっていくのとほぼ同時進行のようにも見えた。

「実は僕の中にも下地があってね、戦時中、岡山の農村に疎開して廃屋にも住んでたんですよ。だから都会の人が汚いと言ってるものを汚いとは思わないし、ホコリとかチリとか泥とかそういうのも平気。もっと汚いものは別にあるような気がして」

80年代から90年代にかけて、日本は経済優先の社会になっていく。バブル景気で国をあげて浮かれ、バカ騒ぎする中で、ドラマも空疎で明るいトレンディー系のものが氾濫した。その一方で、『北の国から』のシリーズが「その生き方でいいのか」と別の価値観を提示していた。なぜ、それができたのか。また、もしも『北の国から』がなかったら、テレビドラマという文化はどうなっていただろう。

「それはテレビだけに限らないんですけどね。小説にしても、地方に住んでいる人間が東京と同列に立たないと、やっぱり文化っていうものが廃れていく。東京に象徴される工業化社会、科学化社会、そして経済化社会っていうのが日本を覆っているでしょう？　どうしても地方にいる人間って力が弱くなる。地方と中央の格差が日本中で目立ってきましたよね。

過疎になるほど発言するやつがいなくなるし、自分たちを代弁してくれる人間もいなくなる。国会議員なんて、ぜんぜん代弁してくれませんからね。だから地方はどんどんひがんでくる。これってかなり恐ろしい事態だと思いますよ。

僕が東京じゃなくて北海道に住んでたことが良かったんでしょうね。これはまだ札幌に居たころですけど、夜、行きつけの店で飲んでると頻繁に火事が起きた。地上げ屋が立ち退かないところを焼いたからです。木造の建物がどんどんビルに変わっていった。知り合いの刑事から聞いた話がありましてね。火事の現場から焼け焦げたネズミが出てくる。地上げ屋が油を染みこませたネズミに火をつけて放ち、それが建物の中を逃げ回るっていうことをしてたらしい。

僕は、デッカイ携帯電話を肩に担いだバブル紳士がアラミス［香水のブランド名］の匂いをぷんぷんさせて繁華街を闊歩し始めた頃に富良野に来た。バブルがどのように進行して、どんなふうにはじけたのか。そういう世間の動きに左右されずに暮らしていた。それが良かったんだと思います」

何でもありで日本中が儲けることに奔走していたとき、倉本は富良野という場所から違う目で世の中を見ることができた。それが『北の国から』に投影されていたのだ。

「自分で書いておいて変ですが、いま思えば、あのドラマは我々の生きるべき座標軸を示していましたね」

# 第8章　「棄民の時代」から目を背けない

## 「悲別」という地名

80年代、フジテレビは「楽しくなければテレビじゃない」を標榜し、快進撃を開始した。軸となったのは『THE　MANZAI』『オレたちひょうきん族』などのバラエティーだ。そこから「視聴率3冠王」で盛り上がっていく。「3冠王」はゴールデン（19～22時）、プライム（19～23時）、全日（6～24時）という3つの時間帯の視聴率がすべて1位だとしてフジが言い出したのが始まりだった。当時は曙橋にあった局舎の部屋や廊下に、数字を記した巨大な紙がいつも張り出されていたのを覚えている。

そして、『北の国から』に続いて富良野周辺が舞台の連ドラが、1984年の『昨日、悲別で』（日本テレビ系）だった。悲別という物語が浮かぶような地名を冠したこのドラマで、ミュージカルダンサーを目指して北海道から東京にやってくる竜一役を演じたのは天宮良。やはりダンサーを夢見て上京してきた高校の同級生ゆかり役に石田えり。ゆかりのニックネームは「おっぱい」だった。

「視聴率3冠王だなんて、嫌な言葉だよね。『昨日、悲別で』は日テレの冠ちゃん〔『2丁目3番地』などでディレクターを務めた石橋冠〕との共同作業でしたね。あいつは北海道出身で、当時、道内の炭鉱が次々と閉鎖されていたから、とにかく炭鉱を使った話をやろうと考えた。

炭鉱ってことで、ロケ地は上砂川だったんですが、ドラマでは架空の町にしたくて、悲別の地名はアイヌ語辞典から作りました。アイヌ語は面白くて、川に当たる言葉に〈別〉と〈内〉がある。〈別〉は暴れる川のことで、暴れない川を〈内〉っていう。当別と静内では川のタイプが違うわけです。

それから水を表す言葉が〈ペ〉と〈ワッカ〉。〈ペ〉は飲んじゃいけない水で、片や〈ワッカ〉は飲んでいい。だから稚内は、飲んでいい水が暴れない川に流れてるところなんです。

アイヌ語辞典で見つけた〈ケナシ=林野〉と〈ベッ=川〉をミックスして、悲しい別れで〈悲別〉。地元からは縁起でもないって怒られましたねえ。

僕は当時、札幌に通うのに歌志内《うたしない》を通ってたんですね。で、いつも見かける大きな三角屋根の異様な建物、というか廃屋が上砂川にあったんです。それがかつての住友上歌会館っていう閉鎖された映画館だった。

中に入ってみると客席は雪につぶされてなかったんだけれど、スクリーンのところだけが残っていて、映写室にはアーク灯がいくつも転がっていた。うわぁ、確かに映画館だって感激してね。それで〈悲別ロマン座〉っていう名前で登場させました」

当時、炭鉱町自体が忘れられた存在だった。

「忘れられたというより国や大企業に棄てられたんです。言葉はきついけど棄民ですよ。ただ、今だって地方の伝統工芸を支えてきた職人さんたちが失業してる。日本の技術、大切な技術が棄てられてる。棄民の時代なんですよ」

83年には西武スペシャル『波の盆』（日本テレビ系）が放送された。主人公は明治期にハワイ・マウイ島に渡った日系移民1世の老人、山波公作（笠智衆）だ。公作が妻のミサ（加藤治子）を亡くした新盆の日に過去と現在をさまよう物語で、この年の芸術祭大賞を受賞した。たとえば、こんな場面があった。公作がふと横を見るとミサが座っている。それは公作だけに見えるのだが、「あのころ、おまえはどう思うとったんじゃ」

と話しかけると幻影のミサも返事をする。その幻影の設定が秀逸だった。

だが、東京や北海道を舞台にドラマを書いてきた倉本は、なぜハワイを、そして日系移民をテーマに選んだのか。また次作の『ライスカレー』（86年、フジテレビ系）の舞台もカナダで海外だった。当時の倉本にはどういった問題意識があったのか。

「碓井さんとは、このドラマで初めて会ったのかな？［当時私はテレビマンユニオンのアシスタントプロデューサーだった。前出の吉川正澄がプロデューサー、演出は吉川とTBSに同期入社の実相寺昭雄監督］　笠（智衆）さんも加藤（治子）さんも亡くなって、吉川や実相寺さんも向こうに行っちゃったね。

ハワイの日系移民に広島県人が多いのは前から知ってたんですよ。じゃあ、その人たちは故郷の広島に原爆を落とされたことをどう考えてるんだろうと気になっていました。それから終戦直後に進駐軍が入ってきた時、たくさんの日系2世が通訳でついてきた。あの人たちはどこから来たんだろうっていうのも頭の中にありましたね」

撮影当時のハワイ州知事はジョージ・アリヨシ。2017年にはホノルル国際空港がダニエル・K・イノウエ［元・米陸軍将校、上院議員］国際空港と名を変えた。ハワイと日系移民の歴史は長い。

「戦時中、米国本土では多くの日系移民が収容所に入れられました。ハワイでは収容所には行かなかったものの監視下に置かれた。それでいて日系2世は米国人だから、米軍人として戦争に参加したわけです。1世はつらかっただろうなっていう思いがずっとあって、そこらへんが一番描きたかったところですね。

最初は日テレの山口剛［プロデューサー。代表作は松田優作主演の『探偵物語』（79～80年）。倉本とは『大都会　闘いの日々』で組んでいる］から話が来ました。

僕は堤義明と麻布中学からの学友ですけど、スポンサーのセゾングループは（堤）清二さん。あの2人は仲悪いわけですよ。『波の盆』の舞台であるマウイ島にもプリンスホテルがあって、支配人たちは僕が義明の関係者だから一生懸命アテンドしようと空港まで迎えにきてくれた。しかし、セゾンの人たちがいるから前面に出られないわけです。僕は間に挟まれて困ったりしましたね」

シナリオを書き出す前、倉本はマウイやホノルルで綿密な取材を重ねていた。

「まだ移民1世も健在だったので、何人もの日系のお年寄りに会って話を聞いたし、1世が働いていたサトウキビ農園や日系人の442部隊のことも調べていきました。

日本人の住職さんがいるお寺があったでしょう？　ロケをしたマウイのラハイナ浄土

院。ご住職の原源照先生には本当にお世話になった。地元の日系の方々にもね。時期が違うのに盆ダンス［ハワイ流の盆踊り］や海に灯籠を送り出す精霊流しも再現していただいた。

浄土院に行って一番衝撃だったのは日系移民が埋葬された墓地ですよ。砂地に埋もれたような墓石がみんな海の方、つまり西を向いていた。西方浄土とはいいますが、西の方角に日本があるからなんですよね。あれを見た時、〝書くぞ〟と思いましたね。

ミサはね、本当は八千草（薫）さんがやるはずだったんですが、いろんな事情で実現しなかった。加藤さんはホン読みの時に悲しいセリフを悲しく語っていたんで、全部直しましたね。やはり作品の生命線ですから」

それは私の記憶にも刻まれている。相手が名女優であっても、「その芝居は逆です」と指摘する。これが世にいう「倉本聰のホン読みか」と思ったものだ。

そんな倉本の目に実相寺昭雄監督の演出はどう映っていたのだろう。というのも監督の興味はもっぱら映像美にある。しかも極端なワイドレンズを使ったり、光と影のコントラストを強調したりして、自分の美学にかなった絵を撮ることを最優先した。それは代表作の映画『帝都物語』（88年、東宝）に限らず、TBS時代の『ウルトラマン』（66

〜67年）や『ウルトラセブン』（67〜68年）などでも徹底している。『波の盆』では、たとえば加藤治子が絶妙な表情を見せた場面も平気でシルエットにしていた。

倉本がそうであるように、実相寺監督も私の師匠だが、人間を描こうとする倉本ドラマと映像にこだわる実相寺演出は逆の方向だったのではないかとずっと気になっていたのだ。

「それは杞憂ですよ。実相寺演出、まったくOKでした。実相寺さんとはほとんど付き合いはなかったけど、作品は見てましたから。あの人は映像詩が作れる監督。だから話は僕が受けもって、映像は実相寺さんに任せると決めてました。ホン読みの時も実相寺さんは僕にやりたいようにやらせてくれたんです。〝ああ、分かってる人だな〟と思って、全面的に信頼しましたね」

### カナダ企業との直談判

そして、先述したように『ライスカレー』の舞台はカナダである。高校野球部の先輩（北島三郎）から「カナダでライスカレー屋をやるから来いよ」と呼ばれた若者たち（時任三郎、陣内孝則）の話だった。

「連ドラ『北の国から』、スペシャルの『'83冬』、『'84夏』と放送してきて、富良野に観光客がドッと押し寄せました。それまでは冬のスキー場の20万人だけで夏は一切来なかったのが、夏の観光客が増えて一挙に２００万人になっちゃったんです。一大観光地になった。

それに目をつけたのがカナダのカナディアン・パシフィックです。鉄道、ホテル、それから鉄鋼まである巨大グループですが、そこの極東支配人がいきなり富良野に訪ねてきた。〝カナダでドラマ作ってくれないか〟って直談判を受けたんですよ。あまり気乗りしなかったんで、〝カナダはあんまり行ったことがない〟って言ったら、全部ご招待するからと。

ひとりでカナダの西海岸からバンクーバー、さらに観光地のバンフ、ケベックと横断しました。行く先々にカナディアン・パシフィックの石造りの城みたいな豪華ホテルがずっとある。それを転々と歩いていって、書かざるを得なくなっちゃった。

『昨日、悲別で』の後だったから、まず日テレに話しました。で、話が決まって、もう来週はロケハン〔撮影する場所や段取りなどの確認〕に行くところまで進んでいたのに、急に日テレの体制が変わったんです。突然、ヘンな局長が出てきて、そいつに〝駄目だ〟

って言われちゃった。

ひどいタイミングで、すでにケベック州政府やブリティッシュコロンビア、アルバータ州政府とも話をつけていたから、引っ込みがつかないわけですよ。国際的な問題になるって抗議したけど、それでも日テレは動かない。弱り果ててフジテレビに泣きついたんです。当時編成局長だった日枝（久）さんにです。〝かくかくしかじかでまいっちゃってる。キャストまで決まってるんだけど、全部おたくで引き受けてもらえないか〟と。そしたら1週間待ってくれって言われて、でも翌日には〝受けましょう〟と返事が来た。それで杉田（成道）と山田（良明）の両名が出てきて、キャスティング込みで『北の国から』チームがポンと受けてくれたんです。ほんと珍しいケースですけど、それで成立したんです」

やはり日テレが降りた理由が気になる。

「海外モノは金がかかるとか、当たらないとか、要するに海外ロケは駄目だと。その局長がえらい保守的な男だったことに尽きる。名前は言わないけど、『青春とはなんだ』とかを作ったやつでした。どこまでドラマが分かっていたかも不明です」

この企画は、元々温めていたものがあって舞台だけカナダにしたのか。それともカナダの旅の中で思いついたのだろうか。

「両方ですね。カナダを旅してたら、実際に日本人がやってるカレー屋があったんです。それから、バンクーバーにはすし屋が何軒もありました。しかも、どのすし屋でもやけに歓迎されちゃって。というのはね、『前略おふくろ様』を見て板前になったって連中が結構いたんです。

まったく見知らぬ連中なんだけど、彼らが喜んでくれましてね。だから、〝食い物屋っていいもんだなぁ〟と思って。もうひとつは、僕の恩師である阿川弘之先生の『カレーライスの唄』っていう小説があったんです」

会社が倒産した男女がカレーライスの店を開こうと奮闘する物語である。

「それがちょっと頭の中にあったので、阿川先生に〝ライスカレーってタイトルでドラマを作ってもいいでしょうかね〟って言ったら、〝そんなの勝手だろ〟と（笑い）。〝じゃあ頂戴します〟ってことで、出来上がったんですよ。

野球部の真面目なピッチャー（時任三郎）と、調子のいいキャッチャー（陣内孝則）というコンビに、あと中井貴一ね。それから布施博、藤谷美和子とか。外国人はカナダでオーディションしたんですけど、これが面白かった。

こっちも英語が片言しかしゃべれないのに、カナダで募集したらドーッと来ちゃったんです。ところが、向こうはユニオン〔俳優やスタッフの組合〕が強いでしょう？　ユニオンにはやっぱりいい役者がいるんですね」

アメリカやカナダでは、多くの俳優やスタッフが自分たちの権利を守るユニオンに入っている。だがユニオンを使うと全員のギャラが高額のユニオンランクになってしまう。たとえばカナダの場合、ユニオンの規定で撮影は1日に12時間しかできないため、制作側の負担はますます大きくなるのだ。

「それでユニオンを排除しないと無理だということになって、ノンユニオンの役者だけを集めたんですが、いい役者はやっぱりユニオンにいましてね。バンフ・スプリングス・ホテルの支配人なんていう役だと、ほんとに品のいい人がタキシードを着て来るわけですよ。〝私の役は支配人だから〟って自前で、オーディションに。もう70歳前後の人でしたけど、話してみたらずっと電線の会社を経営してきて、その会社を60歳で売って、それから初めて演劇学校に入って役者になったっていうんですね。あぁ、向こうの人はすごいなぁって感心しました。

ノンユニオンの人たちとはプロ意識がぜんぜん違う。まぁ、それでもノンユニオンの役者たちだって日本のレベルに比べたらはるかに上です。どこから手に入れたのか不思議でしたけど、オーディションに来る人が事前に台本を全部読んでました。

　有名俳優であっても、映画や舞台でやりたい役があればオーディションに参加するのが欧米では普通ですから、オーディションという場の意味が日本とは全然違うんです」

　倉本は83年ごろから「富良野塾」の準備を始めている。84年には開塾。その忙しさの中で海外でのドラマ制作にも参加していたことに驚く。

「やってましたね。オーバーに言えば、作品と視聴者に対する責任があるからですよ。

　富良野塾にも影響は大きかった。アルバータ州のバンフスクールを見学したんです。所有している山の中に校舎がいくつも立っている。寄宿制の芸術学校なんです。ダンスでも何でも世界からかなりのレベルの人が来て教えている。僕が行ってた時にはピアノの特別講座があって、先生はオスカー・ピーターソン［ジャズ・ピアニスト］でしたよ。オスカー・ピーターソンが２週間も教えるってすごいでしょう？

　先生たちが家族と一緒に宿泊できるコテージが何棟もあるんですよ。いや、正直ショックでしたね。何かを集中的に学ぶ場としては最高で、日本でもできないかなって思った」

当時、『ライスカレー』のように本格的な海外ロケの連ドラは珍しかった。日本の視聴者にとって海外を舞台にしたドラマはちょっとハードルが高い印象があったはずだが、結局カナダ側の目論見は達せられたのか。

「カナダに行く観光客はどっと増えた。あれを契機に、カナダと日本の間でワーキングホリデー〔長期滞在が可能なビザ〕のシステムが成立したんです。カナダ側にもすごく喜ばれました。富良野塾のOBも何人かワーキングホリデーに行きましたね」

## 最初で最後の監督作

同じ86年、倉本が初めて監督を務めた映画『時計 Adieu l'Hiver（アデュー・リベール）』（日本ヘラルド配給）も公開されている。これはアイスホッケー選手だった父とフィギュアスケートの選手だった母を持つ少女、夕子（中嶋朋子）の9歳から14歳までを描いた作品である。5年間の物語をリアルな実時間で撮る手法は『北の国から』の経験からきたのではないか。

「そうです。『北の国から』は2、3年おきぐらいでスペシャルを作ったんですけど、特にあの頃、蛍がものすごく肉体的に成長してね。女の子から女性へと体が変わっていった時期なんです。これを撮り続けてみたいと。じゃあ、その体の線（ライン）を露出するのは何だろうと思ったら、フィギュアスケートのコスチュームが一番いいんじゃないかって。体形が変わっていくのが目に見えるわけですよ」

フィギュアが先にあったわけではないのだ。

「逆に言えばね。あと、もうひとつは（いしだ）あゆみちゃんがいたから。もともとフィギュアの選手だった彼女を映画の中で朋子の母親兼コーチにした［いしだあゆみは姉妹でフィギュアスケートをやっており、姉はグルノーブルオリンピックの日本代表だった］。

それから麻布中学からの学友である堤義明の存在ですね。品川のスケートリンクをこちらの都合に合わせて使えるようにしてくれた」

中嶋朋子だけがスケートとまるで関係がない。

「そうなんです。それで朋子に〝毎週、練習に行け〟って言ってやらせたんですね。ところが、全然行かないんですよ。

佐藤久美子さんっていう有名なコーチをつけたんです。インスブルックやグルノーブルの大会に出場した元五輪選手ですよ。そのあたりも実は、全部、堤が面倒見てくれて。夕子の父親（渡哲也）のアイスホッケーも西武のチームが全面協力。やりたい放題やらせてくれたんです。ただね、もともと僕はこの映画を監督する気はなかったんですよ。僕ね、監督ってほんとにやる気がなくて。やる気がないっていうより、無理だって思ったんですね。だけど、木村大作っていう『駅　STATION』（81年、高倉健主演、倉本聰脚本）のカメラマンがいて。撮影現場にお邪魔したら、大ちゃんってのは強引な人で、降旗（康男）さんが監督なのに〝ここにする〟とか言って、勝手にカメラを構えちゃうんですよ。その時、こんな作り方もありかなって思ったんです。

前にもちょっとしゃべったけど、監督の仕事って2つあると思ってるんですね。役者に演技をつける、つまり、事を起こす監督。そして、現場を中継する監督、映像監督です。僕は前者の〈演技をつける監督〉だったらできるだろうと。だけど、中継する方はとてもできない。だから〝ここを切り取る〟っていう映像の方は大ちゃんに任せました

［木村はのちに自ら監督もするようになっていく］。

大ちゃんが〝俺が勝手に撮っていいんだな？〟って言うから、〝それでやろうよ。それなら俺も監督を引き受ける〟って話になったんです。

ところが大ちゃん、途中からほかの仕事で参加できなくなっちゃった。困ったんだけど、僕の兄貴分でフジの最高顧問になった羽佐間（重彰）さんが総指揮してくれてるこ

ともあって、投げ出すわけにいかない。それで、カメラが前田米造さんに代わったんです」

これまた一流のカメラマンである。だが、前田米造といえば、すぐ思い浮かぶのは『お葬式』をはじめとする伊丹十三監督の作品だ。伊丹は絵コンテをパーフェクトに描き上げて、ほぼその通りに撮っていくタイプだった。

「僕は米造さんにもお願いするわけですよ。〝演技演出はできるけど中継演出はできませんので〟って。ところが、米造さんはやっぱり古いカメラマンだから、監督の指示に従うっていう習性があるんですね。

全部、僕に〝どうします？〟ってなっちゃう。そう言われると、僕はお手上げ。だからいま思うと、めちゃくちゃなカット割りの映画でした。

ほんとに参りました。もう、血尿出ましたからね、最後の方は。

あのとき、二度と監督はすまいと思いました。脚本家とか小説家とかが監督をやりたがることがありますけど、僕、そういう気は一切ないですね。だから、あれはもう本当に恥ずべき作品です（笑い）」

そうは言っても、ひとりの人間の成長をじっくりと映像で追っていく『時計』で試みた手法は斬新だった。時間を味方につけるというのは実はとてもぜいたくなことだ。

「そういう作り方に興味を持っちゃったからね。山田洋次さんが、『男はつらいよ』で寅さんの妹・さくら（倍賞千恵子）の息子、満男役に吉岡（秀隆）を起用したでしょう？　そして子供の頃から始まり、青年になっていく過程を物語に組み込んでいった。ああ、山田さんも同じようなことに目をつけてたんだなって思います」

# 第9章　何かを創造するというのは命懸け

## 芸に品がある中井貴一

90年代最初の倉本ドラマが『失われた時の流れを』（1990年、フジテレビ系）だった。緒形拳演じる主人公・山辺公一が、昭和天皇の崩御と恩師の死をきっかけに戦争中のことを回想していく、倉本自身の戦争・疎開体験が色濃く反映された作品だ。

「ベースになっているのは、麻布中学2年の時に書いた小説なんですよ。校友誌に載った『流れ星』です。

前にも話したけれど、ついこの前、東京の家をあさっていたら、その雑誌『言論』が出てきた。読んでみたら登場人物までおんなじ名前で、ちょっと驚きましたね。

実はこのドラマを書こうとしたきっかけは、昭和天皇が亡くなった時の大喪の礼なんです。昭和天皇の御霊柩を乗せた、轜車《じしゃ》と呼ばれる霊柩車が宮中から出てくる映像。あれが圧倒的に強かった。

やっぱり僕らの世代にとって天皇といえば昭和天皇ですからね。あらためて戦時中のことを思い出しました。僕が疎開したのは学童疎開でまず山形へ。その後、縁故で岡山でしたけど、その学童疎開を書いたんです」

主演は緒形拳だったが、担任教師を演じた中井貴一の印象も強い。それまでも、それ以降も、中井は何本もの倉本ドラマにいずれも大事な役柄で出演している。中井は倉本から見てどんな役者なのだろう。

「うまい役者じゃないと思います。ただ、貴一の芸には品がある。兵吉［石坂浩二の本名］もそうなんですけどね。僕、品というのは役者にとってとても大事だと思っていて、つまり上品・下品の下品も品のうちなんです。でも、品がないっていうのはいやですね。

それとね、あの時に愕然としたのは、当時でさえ戦時中を描くのは時代劇を作るのと同じだったことです。

スタジオに行ったらね、たまたま学校での軍事教練のシーンを撮影してたんです。生徒役の子供たちを整列させて、〝気をつけ!〟〝休め!〟って。昔は、片足を斜め前に出すのが〝休め!〟だったでしょう?

でも子供たちは足を真横に開くんです。演出の杉田（成道）に〝おまえ違うよ〟って言ったら、〝えっ、何が違うんですか〟って。〝そうじゃないよ、こうだよ〟ってやって見せたら〝知らなかった〟と。今どきは学校の体育が横開きだし、自衛隊もそうなんですってね。

戦後、どんな大根役者でも兵隊を演じるとうまく見えるっていうのが通説でした。みんな兵隊のしつけを受けてきたわけだから。最近は敬礼ひとつとっても、なんだかよく分からない。戦争は時代劇になっちゃったんですね。ほんとに驚きましたよ」

同じ90年には日本テレビで『火の用心』も放送されている。当時驚いたのは、主演がとんねるずだったことだ。彼らと倉本聰が結びつかない。

「これは完全な失敗作ですよね（笑い）。もともとはね、とんねるずの2人が僕のところにマネジャーだけ連れて来ちゃったんです。富良野まで。

それで僕の部屋で土下座みたいにして、〝俺たちのドラマ書いてください！〟って懇願されちゃった」

初めて聞く話である。

「あれにはちょっとたまげました。それはね、石橋冠の奥さんが、同じ日テレのプロデューサーだったんだけど、彼女がとんねるずに入れ知恵したらしいんだな。行ってこいって。

彼らのことは一応知ってました。というか、イッセー尾形やでんでんなんかも出てきた『お笑いスター誕生!!』(80〜86年、日本テレビ)で、グランプリを取ったコンビとして知っていた。

それが富良野にやって来て、ここの居間でね、2人して両手つくから僕もほだされたっていうか、へんな気持ちになっちゃって(笑い)。ちょうど空いてたんでしょうね」

石橋貴明が証券取引所の勤め人で、木梨憲武がそば屋の職人。後藤久美子が石橋の妹役なのだが、なんと明日の株の動きが読める特殊能力の持ち主。消防士の話でもないのになぜかタイトルが『火の用心』で、相当めちゃくちゃなドラマではあった。

「ほんとだ。そんな話でしたか? 忘れちゃったけど。バカなドラマですねえ。

タイトルについては、そのちょっと前に緒形拳から聞いた話があったんです。辰巳柳太郎さんがね、誰か有力なファンの人に〝すみません、何とかさんに頼まれたので色紙を書いていただけませんか〟って言われて〝うーん、一晩考えさせてくれ〟と。で、翌日書いてきたのが『火の用心』。その話がおかしくてね。なんかすごく意味があるようで意味がない。それが頭にあったんです。今思えば乱暴だよね。

しかも、冠ちゃんは演出してないんです。冠ちゃんの弟子っていうのがディレクターを務めた。これがまたひどい演出でね。僕はもう、なんであいつを推薦したんだって冠ちゃんに怒りましたよ」

ホン（台本）読みにも行ったのだろうか。倉本聰のホン読みは単なるセリフの確認ではない。

「何度か。富良野から。

でもね、実はホン読みって嫌なんですよ。〝ホン読みをやってください〟って向こうから言ってくるのが筋だと思うんだけど、必ずこっちから言うんだよね。すると、〝やるならどうぞ〟みたいな感じでしょう？

ディレクターたちに本当に力があって、ホン読みが必要ないならいいと思うんだけど。今までに一番完璧にやったのは『前略おふくろ様』ですね。やったぶんだけ演技がよくなってる。

たとえば、『前略』に志賀勝が出てましたよね。僕は勝のセリフの語尾に全部クエスチョンマークを付けておいたんです。普通に読むと〝サブちゃん、俺、傷ついてたんだぞ。あんなことおまえ言ったけど、心の中では俺、傷ついてたんだぞ〟って、何だか脅してるみたいになっちゃうでしょう［当時、志賀は眉毛も剃って強面だった］。

放っておいたら志賀勝も凄んで読んじゃうから、それは違うと。ここにクエスチョンマークが付いてる意味を考えてくれと。クエスチョンマークっていうのは語尾が上がるんだ。〝サブちゃん？ 俺、傷ついてたんだぞ？ あんなことおまえ言ったけど？ 心の中では俺、傷ついてたんだぞ？〟って、語尾を上げていくと妙に不気味に優しくなるじゃないですか。

それを見越して僕はホンを書いてるつもりなんだけど、クエスチョンマークだけじゃ十分伝わらないんですね。立ち上がってみて、つまり役者が口にして初めてそうじゃないって気づく。いきなりオンエアで間違った演技を見せられたら、こちらも衝撃を受けるわけです。取り返しがつかないですから」

なぜほかの脚本家は台本を渡しっぱなしで平気なのだろう。

「僕も不思議でしょうがない。みんな、ギャラで仕事してるんですかね。たぶん、自分で演技してないんじゃないかと思うんだ。

ライターが自分で口に出して演技してみれば、こうすれば面白いっていうのが出てくる。ところが肝心のニュアンスが表現されないから僕はフラストレーションを起こすんです。そうすると、ついついどこかで暴言吐いちゃうわけですよ。あの役者がなってないとか、あの演出はぜんぜん分かってないみたいなことを言っちゃう。それで嫌われたりしてね。

筋は通ってると思うんだけど、なかなか筋にならない。相手方には筋違いってことになっちゃうんです」

## 倉本聰のニセモノ

90年代最後の倉本ドラマが『玩具《おもちゃ》の神様』（99年、NHK BS2）だ。主人公は倉本を思わせる人気シナリオライターの二谷勉（舘ひろし）。視聴率至上主義のテレビ局とぶつかったり、妻の浮気疑惑が発覚したりして執筆どころでなくなってしまう。そこに二谷の偽者（中井貴一）が現れるのだ。

実は倉本がNHKで『赤ひげ』を書いた72年から、『勝海舟』に取り組んだ74年にかけて、倉本聰の偽者が地方の旅館に現れた。そしてドラマの進行と並行してシナリオを書いていると称しては寸借詐欺を働き、宿代も踏み倒していた。その実話を元にしたストーリーであり、脚本家とテレビ局の関係も垣間見える面白い作品だった。

「僕にも愛着があって、本当はリメークしたいくらいなんですよ。

しかも、つい最近昔の段ボールを整理してたら、その詐欺師からの手紙が出てきた。本物です。出雲あたりで捕まっちゃったんですね。

当時、青森県警の刑事がいきなりやって来て、〝あんた、ほんとに倉本聰さん？〟って確かめられて、〝そうか。あんたが旅館代を踏み倒したんじゃないことは分かった〟と。その後、僕の偽者は日本海沿岸を南下するんですよ。その都度、青森の刑事が〝野郎がまた出ました〟って言ってくる。

ドラマには書かなかったけど、ある朝、うちに居候してた若い役者が〝先生、電話です〟って小声で僕を起こしたんです。〝女の方からです〟ってまた小声で言うから、カミさん起こしちゃ大変だと思って電話に出た。そしたら〝もしもし、倉本さん？　私、よしこ。上野のよしこ〟。自宅は浅草だと言うんですね。それでピンときた。僕の名前を使ったやつが何かしたんだなって。

ほら、青森と上野はつながってるでしょう？　やつは時々上野に帰ってくるんですよ。

そして、よしことという女性の世話になって、というかカネを手に入れて、またふらりと旅に出る。旅先の旅館で『勝海舟』なんか書いたりして。

ずっと部屋にこもって台本を書いてるらしいんだ。東尋坊の旅館の親父が、宿代のかたに取った『勝海舟』の生原稿の束を我が家に持ってきましたから。当時、僕が13話までしか書いてなかった『勝海舟』を23話まで仕上げてありました。しかもきれいな字でね。悔しかったから、確かその原稿もうちにとってある。子母沢寛の小説『勝海舟』を丸ごと引き写したみたいなものでしたけどね。

旅館の親父が言うには、とにかく勤勉で毎日書いてるんだって。部屋を掃除してる間にやつは散歩に出るんですが、そのタイミングでNHKから電話が入る。

1人2役で本人が電話してるわけですよ。それで〝NHKに原稿を送ってるのにギャラが届かない。NHKの払いが悪い〟ってぼやくわけ。旅館のほうは〝一度向こうに行って交渉なさったら?〟ってことになる。でも、上京するカネがない。〝そのぐらい立て替えますよ〟って10万円とか渡しちゃうんです。

それで、上野から〝いま着いたよ〟って電話してくる。〝うえのー、うえのー〟ってアナウンスが後ろで聞こえてくる。これでコロッと信用しちゃって、警察に届けるのが

2週間遅れる。芸が細かいんだ（笑い）。

ところがね、『勝海舟』の放送が始まる時、僕が番宣でテレビに出ちゃった。それを旅館の売店の女の子が見ていて〝おかみさん、違いますよ！〟と。おかみが本人に〝先生ご冗談を〟って迫ったんだけど、なぜか言いくるめられて、それからまた1週間滞在してたそうです。すごいでしょう？」

その詐欺師が捕まって、なぜ倉本に手紙を出したのか。

「当時、うちのおふくろが亡くなってバタバタしてたら、突然福井からおばあさんと男が訪ねてきた。〝実はいま追われてる詐欺師の母でございます〟って。葬儀の最中に。〝何かございました？〟って聞くから、〝いや、おふくろが死んだんです〟って言ったら、そのおばあさんが泣き出しちゃったのね。土下座して畳におでこすりつけてさ、〝息子がとんでもないことといたしまして〟って泣くんだ。こっちも困りましたよ。

それで自分は戦争未亡人だって言うのね。息子は僕より2つぐらい上の文学青年で『群像』とかに投稿してたそうです。

しかもその母親が〝ずうずうしいお願いなんだけれども、明後日、大阪で自首させますので嘆願書をお書きいただけませんでしょうか〟って泣いて頼むんだ。おふくろが死んだ直後で仏心が起きちゃうし、泣いてる姿がかわいそうで、嘆願書を書いてあげたの。

そしたらね、3日後に例の青森の刑事から電話がかかってきて、〝野郎が捕まりました〟と。〝捕まったんじゃなくて自首でしょ？〟って聞いたら、〝自首でねぇです、捕まりました〟って。しかも大阪じゃなくて出雲まで逃げてた。それでもなんとか一件落着となり、出雲から本人のお詫びの手紙が来たわけです。

あのドラマでは、二谷というシナリオライターとその偽者がいるわけでしょう？　で、キャストが舘（ひろし）と（中井）貴一だから、みんなは当然、貴一が本物で、舘が偽者を演じると思ってたんです。実際には逆なんだけど。だいたい貴一ってのは、詐欺師タイプなんです」

ドラマの中でもまさにそうであったように、誠実そうな中井に仕掛けられたら誰でもダマされそうだ。懸命に仕事をする偽の脚本家にふと親近感を覚えてしまう舘といい、シナリオ作家を目指す〝オモチャ〟という源氏名の風俗嬢を演じた永作博美といい、すばらしい役者が揃っていた。

「だからあれは大好きな作品なんです」

いまでも覚えているシーンがある。舘の妻役がかたせ梨乃で、彼女が浮気しているかもと舘は疑うのだが、その状況を自分が書いているシナリオの中に取り込んでいくのだ。

「ありましたね。いや、作家って自分が書いたものを家族がどう思うか、結構気になるんですよ。

たとえば、うつ病で死ぬ前のおふくろは、カミさんと仲があまりよくなかったのね。いつもテレビ見ながら食卓を囲むんだけど、僕が真ん中の席で、女房とおふくろが両側に座る。ある時、嫁と姑の確執を自分のドラマで書いて、それを2人と一緒に見るはめになっちゃった。しかも嫁と姑のどっちに加担して書いたのか思い出せない。

そういうことが作者にはあるんですよ。自分の体験じゃなくても浮気の話を書けば、〝本当のことなんじゃないの？〟と疑われることもある。〝いやあ、脚本家って因果な商売だよ〟なんて余計な言い訳をすることで、かえって怪しまれたりしてね」

このドラマでは、何かを創造するというのは命懸けの行為だということが物語に組み込まれていたのだが、90分の全3話という枠内で、あれだけの世界観を構築したのは驚きだった。リメークするならキャスティングのイメージはあるのだろうか。

「モックン［本木雅弘］でやりたいんですよ。付き合ったことないですけどね。島田清次郎を描いた久世（光彦）のドラマで見たんです［『涙たたえて微笑せよ～明治の息子・島田清次郎』（95年、NHK）のこと。天才か狂人かといわれた夭折の作家を本木が演じた」。びっくりしちゃったんだよね。すごいことができる子だなぁって。

偽者がモックンだとして、本物は真田（広之）あたりかなぁ」

# 第10章　夢の鍵を忘れるな

## ドラマの前に本物の喫茶店を造った

２０００年代の倉本ドラマで注目すべきは『優しい時間』（05年、フジテレビ系）だろう。連ドラとしては、『玩具の神様』（１９９９年、ＮＨＫ　ＢＳ２）以来６年ぶり、また民放に限れば『火の用心』（90年、日本テレビ系）から15年ぶりだったのだ。しかも舞台は久しぶりの富良野である。

主人公の湧井勇吉（寺尾聰）はもともとニューヨークで働く商社マン。息子の拓郎（二宮和也）が起こした自動車事故で妻のめぐみ（大竹しのぶ）を亡くしたことをきっかけに、会社を辞めて富良野で喫茶店を開く。ロケ場所は新富良野プリンスホテルの森の中にある「森の時計」という実在の喫茶店だ。

勇吉と拓郎とは絶縁状態、だが拓郎は実は富良野の隣の美瑛《びえい》にある「皆空窯」で陶芸職人の修業をしている。息子は父親の居場所を知っているが、会いには行かない――そんな状態からこの物語は始まる。久しぶりの連ドラ、しかも場所が富良野。富良野は妻の故郷という設定だった。

「確かそうでした。

あれはね、奥さんを亡くした初老の男が富良野にやって来て喫茶店を開くわけですが、ドラマの前にまず喫茶店を本当に造らせちゃったんですよ。

とにかく、こういう場所にこういう喫茶店を造ろうっていう話から始めました。

それで味のある喫茶店を造りたいなと思って、あの当時まだ堤［義明］が現役だったんでね、ちょっと造らせてくれないかって相談したら、それは結構だって言うんです。造っていいよって。

ただ、西武は不動産屋だから、僕がカネ出して建てちゃまずい。西武の所有物として造らせてくれって言い出した。ドラマのあとは実際にうちが営業するからって。だから、フジとしては元手がかかってないわけですよ」

美術セットとして喫茶店を一軒建てたら、えらいことである。

「そのあとの『風のガーデン』（08年、フジテレビ系）も同じなんですけどね。プリンスホテルのすぐ近くに、同名の英国式ガーデンを造っちゃった。

そんな具合で喫茶店『森の時計』を造って、オープンまでの半年間くらいを撮影に使った。おかげで本当に自由気ままにロケができました。僕の中には具体的な喫茶店のイメージがあったから、それをベースに設計図を引いてもらい、ああいうシチュエーションをつくったんですけどね。ドラマができて店を開けてみたら、お客さんが延々と並んじゃった。

だから今もってあそこはすごい黒字で、西武も喜んでますね」

しかし、そもそもどんな経緯で制作することになったのだろう。

「僕からの提案ですね。もう東京でドラマを作る気はないけど、こっちに来てくれるなら何かやるよって。

僕自身がミルでコーヒー豆をひくのが好きだったんですよ。それで、お客にもカウンターでやらせることを思いついた。結果的にはあのおかげで実際に店を開いた時にヒットした。ドラマで使っていたのと同じコーヒーミルをニングルテラス［倉本がプロデュースした、ホテルに隣接するクラフトショップ］に並べたら、ずいぶん売れましたけどね。

劇中では毎回、幽霊になった（大竹）しのぶが出てくるんだけど、彼女が座ってた席にいつもかすみ草が置かれてたの、覚えてます？

実は最初にあのかすみ草が頭にあったんです。昔からよく行くバーが赤坂にあって、そこはかつて開高健さんも通ってたお店でね。開高さんが亡くなってから、Ｌ字のカウンターの彼が座っていた席のところに、〈Ｎｏｂｌｅｓｓｅ　Ｏｂｌｉｇｅ～位高ければ、努め多し～〉という開高さんの好きな言葉を刻んだ真鍮のプレートがある」

ＴＢＳ近くの一ッ木通りにある店のことだ。

「で、そのプレートの脇にいつもかすみ草が置いてあった。かすみ草っていうのは、花の中でも脇役的な存在じゃないですか。そんな脇役を象徴するかすみ草を、しのぶが座るところに置くっていうイメージがあったんです。

以前から喫茶店みたいな場所に出入りする人間の日常茶飯でドラマを組みたい気持ちがあって、ウィリアム・サローヤンの『君が人生の時』［翻訳は倉本が敬愛する劇作家の加藤道夫］っていう芝居がそうなんですよ。

サンフランシスコだったかの場末の酒場が舞台だから、いろんな人がやって来る。本音の話も出るし、ケンカや色恋沙汰もある。この芝居がすごく好きで、いつかこういうものを書いてみたいなって思いがあったんですね。

『森の時計』の常連は地元の人たちだけど、観光客も立ち寄ったりする。さまざまな人生が交錯するわけで、それをドラマの形で表現できないかなって。それは後の『やすらぎの郷』にもつながるんですけど、そういうシチュエーションの作品ですね。喫茶店とか居酒屋とかで、人はたいしたことは話しませんよね。むしろ日常茶飯のこと、つまり、ドラマチックで言うとチックに当たるものをいっぱいしゃべるわけです」

脚本家・倉本聰はかねてより〝チック〟を大事にしている。

「僕は〈テレビはチックなり〉というくらいに思っているから、チックで埋め尽くされたようなドラマ、そのチックの中にいい話が出てくるドラマ、そういうホン（脚本）が書けないかなと思ったんです」

だが、直接的な言及でなく、匂わせるような断片的な言葉、それこそわれわれが日常で使うような言語——と私は〝チック〟を理解しているのだが——でドラマを構築していくのは至難の業ではないのか。ストーリー上では重要とも思えない日常の会話だったり、ほんのひと言だったりするものが、実は物語を動かしたりしていくのだから。

「たとえば最終回の最後のシーンで父親と息子が2人で初めて会うところ、僕は気に入らないことがあった。現場で寺尾が勝手にセリフを変えちゃったんです。しかもそれを監督も是認した」

## ディック・ミネとの秘話

「それでね、前段として話すんだけど、僕が昔、札幌にひとりで住んでた頃、歌手のディック・ミネさんと会ったんです。

ディックさんとは『6羽のかもめ』（74〜75年、フジテレビ系）以降、ずっと付き合ってたから2人で飲むことになって、すすきのに行ったんですね。よもやま話をしているうちに〝実は戦時中、北海道に来た時にある女性とできちゃって、子どもまでつくったんだよ〟って言い出した。

詳しいことは言えないんだけど、当時知り合いのスポンサー的な人物がディックさんに〝この子は私が引き受けるからあなたは忘れなさい〟って言って、ディックさんも〝じゃあ、お願いする〟と。それですっぱり忘れてたんだって。それがね、ちょうど僕が会った時、その息子と会うことになった。

しかも〝明日会うんだ〟って言うんですよ。羽田に迎えにくると。分かるんですかって聞いたら、〝向こうが見つけるから大丈夫だろう〟って」

いわば隠し子に会うのに衆人環視の空港というのが凄い。

「いや、ほんと豪快な人だから。しかも僕、ちょうどディックさんと同じ飛行機で上京する予定だったから、羽田に着いてディックさんに気づかれないように後をつけたんです。30年ぶりの再会というか、男が息子と初めて会う時ってどういう態度をとるんだろうと思って、こっそり陰から見てたんですね。

そしたら羽田の出口で若い男が近づいてきた。ディックさんもなんとなく分かったんでしょうね。息子の肩をポーンと叩いて、たったひと言〝よう！〟。で、そのまま肩組んで行っちゃったんですよ。

その〝よう！〟っていうのがすごく良かった。だから、『優しい時間』の最後で父親の寺尾聰が息子のニノ（二宮和也）と再会した時、〝よう！〟っていうセリフを作ったんです。それを寺尾が〝やあ！〟って言った。僕、放送で見て驚きましたよ。この場面で〝よう！〟って言うのと、〝やあ！〟って言うのとでは、ニュアンスが全然違うと思いません？

役者が勝手に変えちゃいけないセリフなんですよ。それを容認した監督も分かっていない。ディックさんが磊落《らいらく》に息子の肩を抱いて〝よう！〟って言って、そのままスーッと2人で消えていったんだけど、何て男っぽいんだろうと思ったんですよね」

ドラマ以上にドラマチックな場面だ。

「それが〝やあ！〟になっちゃうとね、意味合いが違うでしょう？　これなんですよ、セリフを変えられると困るっていうのは。こういうことがあるんで、僕はセリフを一言一句変えないでくれって言わざるをえない。ディレクターにも役者にも、こういうニュアンスの違いが軽視されちゃうからなんです」

どうしても役者が言いにくいセリフを、演出家が脚本家と相談しながら意味を変えずに直したりすることはある。だがこれは別次元の話だ。

「本当の意味を読み取ってないんでしょうね。だからあれ以降、僕は寺尾を使いません（笑い）。ほんとショックでしたね。

だって一番大事なシーンで、しかも最後のセリフなんですよ。寺尾の〝よう！〟って言うセリフがあって、そこから音楽がかかってエンディングという流れのはずじゃなかったかなあ。〝やあ！〟じゃ困るんだ。筋立てはきちんと追ってるからドラマとしては成立するけど、ドラマチックのチックが変わっちゃう。

視聴者には分からないでしょうね。もちろん誰にもそんなこと言われなかったし。でも僕にしてみたら、〝よう！〟と〝やあ！〟の違いが分かってくれる人間と仕事したいし、ホン読みで役者が〝やあ！〟と言ったら、僕はそこで〝よう！〟に直しますよ。そのためにホン読みってするわけで。

ただ、それがなかなか理解されてないというか。ましてや役者がホン読みでは〝よう！〟って言ってたのに、現場で〝やあ！〟ってやられちゃうと、これは困る。そんな時こそ演出家がきちんとチェックしてくれないと。まあ、『優しい時間』に関してはその思い出が一番キツイですね」

### 物おじしない二宮和也

「僕はニノっていう役者をそれまで全然知らなくて。フジテレビが連れてきたんですけど、これはいいと思いましたね。

繊細さですね。たとえば父親の働いてる姿を木の陰からそうっと見てるシーンがあったでしょう？

あそこは、映画『エデンの東』のジェームズ・ディーンが、実の母親をこっそり見に行ったところがヒントです。そんな雰囲気、気持ちの複雑さみたいなものをニノはとてもよく出していたと思う」

二宮は言わずとしれた人気アイドルグループ〈嵐〉の一員で、いわゆる役者ではなかった。そのあたりを倉本はどう考えていたのだろう。

「あの頃になるとテレビ局が押さえてくるのはタレントだったり歌手だったり、極端に言ったらスポーツ選手まで連れて来ちゃったでしょう？　有名ならいいっていう感じで。だからそれに関しては一種の諦めがあったんです。ただ、ニノに会ってみて、この子はちゃんとしてるなって思いました。あいつは物おじしないんですよ。僕のことを〝聰ちゃん！〟って呼ぶしね。クリント・イーストウッドにも使われてた［06年の映画『硫黄島からの手紙』］。

あいつ、イーストウッドのことを〝クリントは……〟って言うんですよ。生意気なんだけど、失礼な感じにならない。ナイーブさも持ってるし、あの子の才能ですね」

ドラマの中では、母親を自分の運転で死なせてしまうという大きな葛藤を抱えた役柄。この父と子はどうやって和解していくかというのが物語の焦点となっており、ある種のホームドラマだった。

「まったくホームドラマなんですよ。息子が奥さんを死なせたら夫としてどういう気分になるのか。これはやっぱり息子に対してわだかまりが残るだろうっていう、その心情を深く考えましたね。父親も、それまでのように息子と接することはできない。ひとりの人間ですから。その子が生まれる以前から、母親との付き合いがあったわけだし。かなり重たいテーマでした。ただラッキーだったのは、番組が始まる前後に、たまたまテレビで『僕らの音楽』（フジテレビ系）っていう番組を見たんです。そしたら、まったく知らない女性歌手がジーパンで歌っていて、すごく良かった。それが新人の平原綾香だったんですよ」

『優しい時間』のテーマ曲である『明日』を歌ったのは平原綾香である。『Ｊｕｐｉｔｅｒ』がヒットしたあとの作品だ。

「すぐに〝あの子、押さえて〟ってフジテレビに連絡しました。『明日』はすでにＣＤになってたんだけど、ドラマに合わせて再発売してもらえないかってフジを通じて頼んだんです。それで主題歌にしちゃったの。あの曲は重たいテーマのドラマを本当に補強してくれました」

## 老いを隠さない名女優たち

確かに平原の『明日』を聴くとドラマの中の大竹しのぶが目に浮かぶ。彼女は最初から死者なのだが、寺尾にはその姿が見えるし会話もできる。大竹でないとできない役柄だった。

「しのぶはうまいですからねえ。僕の〈うまい女優ベスト3〉です。倍賞（千恵子）さんと（いしだ）あゆみちゃん、そしてしのぶ。まあ、八千草（薫）さんという別格がいますけどね。あの3人はやっぱりちょっとたまらない演技をするなあ」

倍賞は『失われた時の流れを』（90年、フジテレビ系）や高倉健が主演した唯一の連ドラ『あにき』（77年、TBS系）にも出演している。

「それから映画『駅　STATION』（81年）ですね。倍賞さん抜群でした。ロケ現場にも行ったけど、なんて奇麗になっちゃったんだろうって思いましたね。倍賞さんやあゆみちゃんは、老いを隠そうとも消そうともしない初めての日本の女優だと思うんです。アメリカにはキャサリン・ヘプバーン、ジェーン・フォンダとかいるんですけどね。よく〈男の顔は履歴書、女の顔は請求書〉だなんて言いますよね［大宅壮一の言葉］。ところがね、女の顔もまた履歴書なんです。だから日本の女優は老けても、昔の若くて奇麗だった頃を保とうとする。厚塗りしちゃうんです。涙を流しても、マスカラを溶かしながら厚塗りの中を流れてくるっていう感じなんですね。

でも、ジェーン・フォンダやキャサリン・ヘプバーン、日本ではあゆみちゃんとか倍賞さんは、涙がちゃんと小じわを通って流れるんですよ。それがすごい。自分の人生が丸ごと見えてくることを、隠しもせずに平気でやれるっていう意識がすごいなあと思いますよね」

## 若者と仕事、そして師匠

ドラマ『優しい時間』は親と子の葛藤、絆、和解などが描かれていたが、もうひとつ、人間にとって仕事とは何かというテーマもあった。仕事とは、単に食べていくためのものなのかという問いかけだ。

「日本人はね、誤解してると思うんですよ。どうしてもサラリーマンを長くやってると、仕事っていうのはカネを得るものだっていう意識があるわけで。それはちょっと違うんじゃないかと言いたいんだ。たとえカネにならなくても仕事は仕事ですからね。

ある程度の年齢になったら、自分が本来やりたかったことは何だったのか、考えてみるといい。学校を出た頃の夢があったとして、自分に発言力がつけば会社の中でそれをやることができるし、あるいはもう会社を定年退職したんだったら、そこから学生時代に持っていた夢の扉を開いてやるべきじゃないか。

若い人たちは若い人たちで、入社してすぐ自分のやりたいことができると思ってたりするって聞くけれど、それは違うよね。以前、毎年春になると〈新入社員諸君！〉っていう山口瞳さんの文章がサントリーの広告として、4大紙に掲載されていた。山口さんが亡くなってから、僕のところに依頼がありました。

最近の若い人たちって、権威を嫌うっていうのとはまた違うんだけど、師匠とか持ちたがらないでしょう。それって本当は損してるんですよね。

僕も30代の時、非常に尊敬する人に〝おまえはテングになりやすいから、3人、自分が頭が上がらないやつを持て〟って言われたんですよ」

私が思うに、「師匠」とは「理屈抜きで頭の上がらない人」である。師匠が白と言ったら白、黒も白だ。また「俺が師匠で、おまえは弟子だ」という関係でもない。弟子が自分で勝手にこの人が師匠だと決めてしまう。倉本もそういう意味で、私の師匠である。そういう存在を持っているのは幸せなことだ。

「僕なんか師匠になる資格はないいんだけど、そういうふうに思ってる人自身が光ってきますよね。だから僕も自分勝手に師匠をつくってます。師匠っていうか、先生を。名前は言わない。それは言わないですよ、絶対に。

名前や地位とかじゃないんです。僕の師匠には、ヤクザみたいなやつもいるし。でも、やっぱり人間としてすごく尊敬できる人たちですよね。

でもまずは連れ合いが、師匠のひとりじゃないですか。家内が白と言ったら白（笑い）」

『優しい時間』で倉本は、富良野塾で学んだ吉田紀子や田子明弘に脚本を書く機会を設けていたが、彼らの脚本には駄目出しをしたのだろうか。

「ええ。相当しましたね（笑い）。正直、まだまだだなって思いましたから」

では、倉本は〈新入社員諸君！〉でなにを書いたのだろう。

「その時に書いたのは、夢を持って社会に出て、いきなりそれを実現しようとしても青臭いって世間から潰されちゃうし、無理だと。だから、あなたが発言権を得るまで、発言する能力を持つまで、その夢を金庫にしまって鍵をかけておきなさいって。

ところが40～50歳になって、ようやく力がついてきた頃には、普通のサラリーマンは金庫の鍵をなくしちゃう。というか、夢をしまった金庫があったことすら忘れてしまう。

だから若い人は忘れちゃいけないと。しっかり鍵を持っていて、いい時期に開いて取り出すべきなんだっていう文章を書いたんですけどね。

実は『優しい時間』で主人公がやったことも、まさにそれなんです。いつか妻の故郷である富良野に2人で帰って、喫茶店を開くってのは、彼が金庫の中にしまっていた夢だった。その夢を息子が壊しちゃったわけです。だからひとりでその夢を取り出して実現させたってことなんですけどね。もともとは2人の夢だったから、やっぱりどこか彼は悲しいわけですよ」

# 第11章　店に入ったら壁を背にして座る

**元ネタは松本清張**

『優しい時間』と同じ2005年には『祇園囃子』（テレビ朝日系）がスペシャルとして放送されている。京都の研究所に所属する主人公（舘ひろし）が、ミサイル防衛計画の中心にいた謎の男（渡哲也）の正体を探っていくという物語だった。当時、『北の国から』が好きな視聴者は驚いたかもしれない。

「ヒントはね、松本清張の『球形の荒野』なんですよ［戦争末期に祖国を破滅から救おうとする外交官を描いた小説］。

僕は日活にいる時に脚色［原作小説の脚本化］っていう仕事をずいぶんやったでしょう？原作をそれと分からないように換骨奪胎して、いろんなものを書いた。だから、元ネタが『球形の荒野』だって言っても分かんないと思う。

そういう一種のパクリはいっぱいありますよ。『冬の華』（1978年）っていう映画では、コッポラの『ゴッドファーザー』のセリフをいくつか、そのまま使ってます。身内だったのに裏切った男が〝長い付き合いじゃねぇか、見逃してくれねぇか〟と懇願する。でも、ズドン！　ってやる場面があったでしょう？　あれはまったく『ゴッドファーザー』のセリフ。だから盗作なんです（笑い）」

見た時にはまったくそんなことは感じなかった。一度、倉本の中を通過した言葉だからだろうか。

「でも、気づかずに引用してることもあって。水木洋子さんが書いた『また逢う日まで』（50年、今井正監督）。僕はこれを16回見ていて、セリフはほとんど暗記してるんですよ。だから何かのはずみにそれがひゅっと出てきたりする」

そういう〝地下〟に埋蔵しているものも脚本家にとって財産になる。

「財産ですね。若い頃、構成力が弱いって言われたんで、橋本忍さんや菊島隆三さんの台本を書き写す作業をずいぶんしたんですが、それが大きいかもしれません。

他にも、こんなことをやったなあ。たとえば、4人でする会話。リズムだけで書いてると全部自分のセリフになっちゃうんですよ。4つの別人格であるはずなのに。

それで字を変えてみようと思って。ひとりは右肩上がりの字、2人目は右肩下がりの字、そして細長い字や丸い字も使って4人の会話を書いてみる。色鉛筆で分けてみたりもしました。そういう独学をやったのが30代ですね。かなり勉強になりましたよ」

『祇園囃子』は京都の祇園を舞台にした、いわば石原プロ祭りのようなドラマだったが。

「今思うと、裕ちゃん（石原裕次郎）に頼まれたけど、結局できなかった映画のことが頭にあったんですよね。ハワイまで打ち合わせに通ったんですが。もしも裕ちゃんが生きてたら、これやりたかったんじゃないかって気がした」

石原裕次郎に捧げる一本だったのだ。

「出来上がってからそう思いました。もちろん、渡は最高でしたよ。彼の作品で一番いいと思う。舘も良かったし。それから十朱（幸代）ちゃんがめちゃくちゃ光っていた」

祇園の元芸妓で友禅作家（中村嘉葎雄）の妻を十朱が演じた。その娘が藤原紀香。

「ロケ現場が京都で、この役に合う若手女優がなかなかつかまらなかったんです。それでバーニングの周防（郁雄）さんに直接電話して、〝ちょっと頼みがあるんだけど……〟

って。それが紀香でした。

祇園はね、僕、年に何度も行くんです。おふくろが祇園と先斗町《ぽんとちょう》の間で育ったから付き合いは古い。

母親の実家に近いあの辺りは幼い頃から歩いていて、祇園には第2の故郷みたいな思いがあった。しかもお茶屋なんかに深く入り込んじゃって、養子にならないかって言われましたからね。お茶屋の女将さんから。

嫁さんいるしって断ったら、〝奥さまは北海道に置いておけばよろしおす〟なんて言うわけですよ。〝こちらで私がいいのを紹介しますから〟って。

ちょっと心が動いたんですけどね（笑い）。

相当動いたんですけど。

だから、当時からずっと京都の祇園には愛着心がある。それに花柳界っていうのは滅びつつあるでしょう？

東京に行くと僕はよく神楽坂に泊まるんで芸者衆とも非常に仲がいい。それで見ていると、花街ってやっぱり今、文化的に成立しなくなってきてるんです。

花街は一種の文化装置みたいなもので、近代的なシステムとは別物。要するに職人と同じで日本の伝統文化なんだけど、やっていけない。

それをなんとかしたいっていう感じが僕の中にものすごくあった。過去の祇園は東芝日曜劇場（TBS系）の『おりょう』（71年、中部日本放送制作）とか『祇園花見小路』（73年、同）とか、時代劇の形で書いてるんですけど、現代の祇園を書きたいなと思ったんです。

ただね、僕、今まで女っていうのは結局、書けてないですよ。女は本当に下手ですね。というか、女が分かっていないから彼岸のものとして美しく描きすぎちゃうんです」

このドラマには何人もの女性が登場する。

「好きでしたね、『祇園囃子』。あの中に、家紋が出てきたでしょう？　あれは知り合いの友禅の人間国宝、森口邦彦さんに助けてもらったんです。

ああいうものがね、日本でどんどん滅びていく。どうしてあんなすてきな文化を滅ぼしちゃうんだろう。

僕んちなんかも、おふくろが生きてる間、お雑煮のときは家紋のついたお椀が出てきましたよ。でも、おふくろのお椀だけ家紋が違った。その話を森口さんにしたら、〝あ、それは女紋どすがな〟って言われて。

女が嫁に行く時に自分のお母さんから女紋のお椀を受け継いで、それだけは嫁ぎ先の紋にならなくてもいいんだと。

うちのおふくろは明治39年（1906年）生まれでしたが、ああいうものが滅びちゃうっていうのは寂しいですよ」

中野重治の小説『萩のもんかきや』には、家紋を描く職人が出てくる。かつてはどこの町にもこうした職人がいたのだ。

「今でもいるんですよ。紋章上絵師といいましてね、新しい家紋も作ってくれますから。戦死した男の遺骨とか衣服を収集した時に、今は血液型ばっかりで考えるけど、そこに家紋が残ってたら、あっ！　て思いますよね。家紋つけて死んだやつがいたら。家紋ひとつでドラマがよりドラマチックになったりするのが面白いんです」

倉本ドラマは物語や登場人物を楽しむのはもちろんだが、この家紋のように人間や世の中のさまざまなものが隠し味のように入っていて、厚みや奥行きが桁違いである。本来ドラマというものは、そうしたことが可能な器なのだろう。

## 神楽坂を舞台に

『拝啓、父上様』（07年、フジテレビ系）の主人公、田原一平（二宮和也）は修業中の板前だった。視聴者は当然、『前略おふくろ様』（75～76年、日本テレビ系）を連想したはずだ。舞台は神楽坂。料亭「坂下」の大女将、夢子役の八千草薫や梅宮辰夫が脇を固め、倉本ドラマのファンにとってはたまらない一本となったこの作品にも、やはり倉本の花柳界への思いが込められている。

「僕が遊んでた30～40年前くらいの神楽坂には、30軒くらいのお茶屋がありましたよ。今は料亭が4軒くらいしかない。しかもこのドラマをやってる間に1軒つぶれました。人は高齢化、街はマンション化で、花街としては崩壊してるんですよ。寂しい話ですが。当時の芸者さんたちもほとんど引退したり独立したりして、喫茶店持ったり置き屋の女将になっている。で、そんな喫茶店の一軒を、まだ現役の連中がたまり場にしてるんです。

僕は神楽坂に泊まるたびにその喫茶店に行くんですけど、彼女たちとしゃべってると、かわいそうになっちゃうんですよね。街に元気がないから、どこかしょぼんとしている。そのお姐さんたちのためにドラマを書いたというだけじゃなくて。「三業地」って分かるでしょう？［花街の別名。料理屋と茶屋と置き屋の三業種の営業が許可された地区のこと］その三業を束ねてる組合長っていうのが、たまたま僕の麻布の2年後輩だった。いわばあそこら辺のボスなんですけどね。そいつと会って話をしてるうちに、〝先輩、（ドラマを）書いてくださいよ〟なんて言われて。

全面協力するっていうから書いたんですよね。結果的に神楽坂にはすごく喜ばれました」

ドラマの放送後、神楽坂はおしゃれな街として若い女性たちが集まるようになった。

「本当にあの街は生き返って、新陳代謝してるんですよ。年中工事していて店もよく変わる。昨日まで日本料理屋だったのがフレンチになったりね。近くに日仏学院［アンスティチュ・フランセ東京］があるからフランス人の客も結構多い。それでいて江戸の風情も残っている。

和と洋が混在した、不思議な雰囲気があるんですよね。

ちょっと角を曲がるともう違った風景で、どこへつながってるのか分からないような石段があったりして。あのドラマに出てきた古い街並み、本当に好きですね」

そんな神楽坂にある料亭「坂下」に、二宮の下の弟子として関ジャニ∞の横山裕が入ってくる。その対比が面白かったように思えたが。

「あの横山のキャスティングでは失敗しましたね（笑い）、あれでもう本当に失敗しちゃった。

僕の完全な見損ないです（笑い）。

撮影にも何度か立ち会いました。それで感心したのは八千草（薫）さんと森みっちゃん（森光子）のシーンです［八千草は元芸者で大物政治家の二号という役どころだった］。旦那が死んで、森みっちゃん演じる本妻さんが訪ねて来るんですよ。八千草さんは本妻さんと向き合って座り、〝長いことお世話になりました〟と頭を下げる。

ただし、その時の八千草さんは座布団を敷かない。じかに畳です。それで僕、森みっちゃんはどうするのかなと思って座り方を見てた。そしたらね、座布団から降りないんですよ。体の両側に親指をついて、ちょっと腰を浮かしながら〝お世話になりました〟って挨拶した。

どういうことかと僕も森みっちゃんに聞いたの。そうしたら、目下の人に対するしぐさだって。つまり両手を前につくんじゃなくて、両手を脇に置いて頭を下げる。それを森みっちゃんがさりげなくやってみせた。

ちょっとショッキングでしたよ」

　脚本には2人が対面して挨拶すると書いてあるだけ。なのに演技がそれを超えたということか。

「完全に超えちゃった。僕は座り方までは書けなかったですから。それはもう自分でつくって演技してるわけですよ。これが役者ですよね。僕らの知らない作法をきちんと表現してくださる。そういう役者さんと付き合いたいですよ。

　こういう古《いにしえ》の作法を、かつて一番知ってらしたのは浪花千栄子さん〔東映のヤクザ映画で若い衆の非礼をビシッと叱る女親分などをよく演じていた女優〕。今はもう伝承する人がいなくなりましたからね」

　それに較べて、今どきの女優は、作法ひとつとっても脚本にこと細かく書かなければならない。しかも「これって何?」とか聞かれることも多い。

「そうなんですよ。

　浪花さんや東山千栄子さん、沢村貞子さんとか、ああいう方たちはそういうことを熟知していましたよ。役柄以前に、作法やしきたりが体の中に入っていた。

　それで思い出すのは、以前、天皇皇后両陛下が僕の家にいらした時のことなんです。

詳細は省きますけどね、皇后陛下も天皇陛下も我が家に上がられた時に、ちゃんと膝をついて、ご自分の靴を揃えて向きを変えられたんです。それから出ていかれる時にも、土間に膝をついて履いていたスリッパの向きを変えていらした。それを見た時、衝撃を受けましたね。つまり、天皇家っていうのはお作法の家元なんだってことが分かったんです。

家元の中の家元、ド家元なんですね（笑い）。

いや、すごいですよ、あの方たちは。だからああいうところの退役した女官さんを時代劇の作法の講師として招いたらいいと思う。それから陛下の妹さんである島津貴子さんとも昔から親しいんですね。その貴子さんに〝紀宮さまの所作も見事だなぁ〟って話したら、〝あれくらいはできなくちゃね〟ってひと言だったけどね（笑い）」

## 黒木メイサのために

『拝啓』の女優陣では、八千草と並んで黒木メイサも強い印象を残した。パティシエ見習という役どころだった。

「メイサはデビュー時の鮮烈さに圧倒されたんです［黒木は04年のつかこうへい演出『熱海殺

人事件・平壌から来た女刑事』で初舞台、初主演を務めた」。

フジテレビを通じて事務所に頼んで会わせてもらったんですよ。やっぱりしびれましたね、彼女の美しさには」

女優など死ぬほど見てきたはずの倉本聰にしてそう思わせたとは。

「いやぁ、正直言ってメイサには参ったですね。すぐうちの犬に〈メイサ〉って名前を付けました（笑い）。

近所に富良野塾のOBで黒木っていうあんまり印象の良くないのがいたもんですから、黒木じゃなくてメイサにしようと。

『拝啓』での起用を想定したとかではなく、別です。純粋に会ってみたかった。逆にいえばメイサのためにあのドラマを書いたっていうところはありますね」

聞き捨てならない。このドラマ自体が黒木に捧げるものだった？

「ええ。

メイサを生かそうというドラマ。どうやってメイサを生かすのかがテーマのドラマでしたね。難しいキャラクターだと思うんです。ああいう突拍子もない美人が演じる役柄ってのは。

彼女のおじいちゃんには日本と中国の血が入っていて、その上がスペインの血が入ってるのかな。だからクオーターくらいなんです。何と言ったらいいか、手の届かない美しさでしたよ。

神楽坂っていう街も美しかったし、僕がよく泊まる先に石段があるんですけどね、その石段をリンゴが転がってメイサが登場した」

二宮演じる一平と、メイサ演じるナオミの出会いのシーンである。石段だから画面全体は当然灰色。リンゴの赤との対比が際立った。ここで一平がナオミに一目惚れするのだが、本当に一目惚れしたのは脚本家・倉本聰だったのだ。

「あのシーンは最初から頭にありましたね」

そんなふうに熱くなれる対象が登場人物の中にいると、書き手としてテンションが上がるのではないか。

「そりゃあ、惚れて書けるからね。ラブレターの対象がいるわけですから。逆にラブレターの対象がいないドラマって本当に書きにくい。

最近まずいと思うのは、北海道に住んじゃってから、あんまり役者さんたちと付き合わなくなったでしょう？　そうすると、役者に恋することができない。男でも女でも惚れちゃえばなんとかいいものを書いてそいつを喜ばそうっていう気持ちが入りますから。相手がディレクターの場合もありますよ。

（石橋）冠ちゃんなんかにはかなりラブレター書いてます」

『拝啓』の原動力が秘めたるメイサ熱だったとは。

「逆にあのドラマは失敗作だと思ってますけどね（笑い）。自己採点すると60点くらいかな。辛くはないですよ。『祇園囃子』は90点超えてると思う。『北の国から』で80点台かなあ。『前略おふくろ様』は90点台ですね。役者がみんな優れてたし、僕も毎回しっかりホン読みに出てましたから。

札幌から東京へ飛んでホン読みに出て、役者とちょっと飲む。そのあと知り合いの料理屋で3時、4時まで親父や板さんとまた飲んだ。

それで明け方になると彼らにくっついて河岸に行くんです。魚を選ぶのを見てから5時半くらいに河岸のすし屋で朝飯を食って、そのまま羽田に行ってこっちへ帰ってくる。それが毎週でした」

『拝啓、父上様』は東京の神楽坂に住んでいる人たちの物語だった。それまでも「そこに暮らす人たちが見て不自然なドラマではいけない」と言っていた倉本にとって、このドラマはどうだったのか。

「神楽坂が変わり過ぎちゃって、住人感覚になるのが大変でしたね。僕は〈KCIA（神楽坂CIA）〉と呼んでるんだけど、あの街はちょっと歩いただけで30分後には「倉本を見た」っていう噂が広がるんですよ。ついさっき東京に着いたような顔してなじみの店に行くと、ママに〝昨日来たんでしょう?〟とか言われちゃう。あの店入ったとか、誰それと歩いてたとかやたら詳しい。噂が流れるのが時速30〜40キロって感じで」

そうした独特のネットワークやコミュニティーの存在はドラマの中にも生かされていた。加えて、多彩な登場人物だ。ナオミの父親で直木賞作家の津山を演じた奥田瑛二。料亭「坂下」の若女将に岸本加世子。出番はそれほど多くないのに本人のキャラクターをベースにした存在感があった。

「役者って不思議ですよ。今まであまりいいと思わなかった役者が突然良くなることがありますから。岸本加世子がそうでしたし、最近思うのは斉藤由貴ですね。不倫報道とかで出演が減るのはもったいない女優で。僕、いつか使おうと思ってますけど。あの子、最近やたら良くなったんですよね」

映画『三度目の殺人』（17年、是枝裕和監督）ではブルーリボン賞の助演女優賞を取っている。

「むしろ若い頃よりいい。スキャンダルになるくらいのことをやってる人たちってやっぱりいいですよ、活力があって。別に〝恋愛は芸の肥やし〟とは言いませんが、役者なんだから、それで良くなる人は良くなればいいと思いますね。今どきはあまりにもマスコミが張り切りすぎて。

役者とタレントの違いってどこだっていうことをうちの塾生たちにも言うんですけどね、タレントっていうのは喫茶店に入っても自分の顔を隠して壁に向かって座るんです。自分の顔を客に見せない。役者はね、壁を背にして店の中を観察してますよ。

僕も絶対に壁際に座って客を見てますね。そうしないと人の生態ってものが分かんないでしょう？　観察するのが、見るのが役者であって、見られるのがタレントなんです」

# 第12章　あえて重いテーマをずばりと掘り下げる

## ガーデン造りを堤義明に提案

『拝啓、父上様』の翌年に放送されたのが『風のガーデン』（2008年、フジテレビ系）だ。フジテレビ系で放送された『北の国から』（1981〜2002年）、『優しい時間』（05年）と合わせて倉本ドラマの〈富良野3部作〉。

末期がんの発見により自分の死期を知った麻酔医・白鳥貞美（中井貴一）が、それまで絶縁していた家族が暮らす、故郷の富良野にやってくる。

ドラマの中で重要な役割を果たしていたのが英国式のガーデン（庭園）だった。緒形拳演じる貞美の父親が、妻の残した庭園を孫たち（黒木メイサ、神木隆之介）と一緒に守っているという設定。この庭園もまたドラマのために造られたというが一体どんな経緯だったのか。

「もっと前かと思ったけど、ほぼ10年なんですね。

新富良野プリンスホテルの上にあったゴルフ場が閉鎖されることになったんです。アーノルド・パーマー設計のいいゴルフ場だったんですけどね。その跡地をどうするかという相談を堤（義明）から受けた時、〝森に返そう〟って言ったんです。

麻布中学の当時、堤はクラスは違いましたが、顔は知ってましたね。西武グループの基礎を築いた堤康次郎の息子だってことも知ってました。麻布中学の近くに、ばかでかい屋敷もあったし。でも、付き合いはなかったんです。

僕がたまたま富良野に移った頃に、彼も富良野にプリンスホテルを造った。そこでばったり会うんですよ。

よく誤解されてね。堤に呼ばれたとか、土地もらったんじゃないかとか言われるけど、全然関係ないんです。

それから親しくなって、よく一緒に遊ぶようになった。

いまの堤ですか？　元気ですけど、もうなんにも活動はしてないですね。

彼にはずいぶん助けてもらいましたよ。いいやつですよ。ただ、西武の中では恐れられ過ぎて、忖度によって巨像にされちゃった人物かもしれない。ちょっと気の毒だって感じはありました。僕の提案に対して即座に反応する感覚も持ってるし、人の話をちゃんと聞きます。社会的なイメージとは違うでしょうが。

以前、彼がインサイダー取引疑惑で有罪判決を受けたでしょう？　あの時、孤立しちゃったんですよね。学友たちもみんなバーッと離れちゃった。

彼の裁判が東京地裁であったんですが、弁護側から彼の人となりを説明してくれる人を探していると聞きましてね。〝俺でいいならやるよ〟と法廷まで行って話をしてきました。

まあそれで、アーノルド・パーマー設計のゴルフ場の跡地を〝森に返そう〟って言ったら、堤もそれはいいねって話になって。まず6ホール分を僕が預かって森に返すことにしました［倉本が現在運営する「富良野自然塾」のこと］。で、残り12ホールの半分をパークゴルフ場みたいなのに使うっていうから、じゃあ、それ以外の部分をガーデンにしろって提案しました。

すぐにドラマの企画書を書いて、同時にガーデン造りの作業を始めたんです」

連想するのは黒澤明監督だ。『羅生門』の高さ20メートルの門をはじめ、『乱』で炎上した城など完璧なロケセットを建てた。

「まあ、堤のほうも観光客を誘致できるから歓迎すべき話だと。フジも『優しい時間』の喫茶店に続いて自腹を切らずにロケ用の美術セットが手に入る。ヤツら、きたないですよ（笑い）」

当時倉本は環境や自然に関する取り組みを始めていた。だからこその発想なのだろう。

「預かった6ホールに植林して環境教育ができるように準備を進めていて、その沢むこうの土地がガーデンにちょうどいいなと思ったんです。たまたま旭川にイギリス帰りの女性ガーデナーがいましてね、その人に設計を頼みました。

庭園造りって簡単じゃないですね。今、新たにバラのガーデンを造ってるんですけど、2016年から始めてまだ完成じゃない。そこでは『風のガーデン』に出演してた女優の森上千絵がそのまま働いています」

## 「延命しない」という選択

美しい「ガーデン」を舞台に、展開される物語はなかなかヘビーだった。

「終末医療の話でしたからね。いまは札幌に転勤しましたが、旭川医大に岩崎（寛）先生という麻酔科の名医がいたんです。しかも富良野の出身で。岩崎先生のお父さんもお医者さんで末期がんの終末医療的なことを早くからやってらした方なんですよ。

がん患者からは、がん臭っていうニオイが出てしまうそうなんです。患者の奥さんはニオイに耐えるんだけど孫は何も知らないから〝くさい〟って言っちゃう。それで本人が傷ついたりする。そのニオイを消すために、岩崎先生のお父さんがラベンダーを仕入れたんですよ。それが富良野のラベンダーの始まりだった」

それが富良野のラベンダー畑の由来だったとは。

「思えば葬式でのお香や花はにおい消しでもあるわけで、生活の知恵です。そんなことを含め終末医療に関していろいろ調べ始めたんですね。

調べ始めたのは僕自身の問題もありましたね。70歳すぎたあたりから、死ぬのがだんだん怖くなっていた。というか、だけど、最期に苦しむのは嫌なんですよ。

それで岩崎先生と親しくなった時、〝僕が本当に最期ってことになったら分かんないように殺してください〟って頼んだんです。先生は〝まずはちゃんと学びましょう〟と言って、6件ぐらいの手術に立ち会わせてくれました。

外科医がメスを入れる前の30分くらいは麻酔科の医師が処置を行う。麻酔が効くまでは麻酔科医の仕事なんです。

それからね、外科とか内科の先生は、退院した患者から結婚式に呼ばれたりするんですって。でも麻酔科はぜんぜんそういうことがない。

患者と麻酔科医は手術室でしか会わないし、しかも〝数えてください、1、2、3……〟ですーっと眠っちゃう。目覚めた時も〝分かりますか〟って確認したら部屋を出て行くでしょう。患者さんとの付き合いがあまりない。

飛行機のパイロットみたいなもんだっていうんですよ。命を預けているけど顔も名前もよく知らない。患者からはあまり感謝されないし、内科や外科の先生みたいに貢物も来ない。

手術を6件見て発見したんだけど、麻酔が効いて患者が意識をなくしたら、あとは待機してた外科医が来て手術を始める。それから外科医たちは患部しか見てないですよ。一方、麻酔科医は血圧とかのモニターのほうを見ている。そうすると麻酔科医も外科医も両方見てないところがあるんですよ。なにかっていうと患者の顔なんです。

だから社長であろうとなんであろうと、青い顔した死体みたいになってるんだけど、ほとんど見てないですね。えらい人でも関係ない。あれにはびっくりしましたねぇ。

それと、旭川に林敏先生という終末医療の専門家がいらして、取材した時に日本尊厳死協会のことを知ったんです。

今どきは、人の命が何よりも大事ってことになってるから、医師もとにかく生かしちゃう。たとえば人工呼吸なんて、息はしてるけど意識はダメなんですよね。医師は末期の患者さんを抱えた家族に〝どうしますか、人工呼吸で生かしますか〟って聞く。やっぱり家族は〝殺してください〟って言えないですよ。

医師は分かりましたって生かすけど、この間に膨大なお金がかかる。時間も取られるし、生活がシッチャカメッチャカになって。だから〝自分は不治とか末期になったら延命しないで欲しい〟と意識のはっきりしているうちに宣言するんです。

具体的には、書類にサインして尊厳死協会に登録すればいい。僕、もうそれをしたんですけど。とても大事なことだなって気がします。

尊厳死協会から運転免許証みたいな一種の身分証明書をもらいます。それを持ってると、この人は協会に入ってるから、治療をやめて亡くなっても大丈夫だと。医者の方も責任を負わずに済むんですよね。

協会には誰でも入れます。僕もそれまで知らなかったんだけど、自分で自分の生き死にを決めることができる。

これはね、碓井さんも入っておかれるといいですよ。意識がなくなっちゃったら言えないでしょう？　たとえばギラン・バレー症候群なんかの場合、そうなんですよね。目とかでわずかに合図できるだけの状態になって、それでも生きていたいっていう人もいるかもしれないけど、そうじゃない人もいるわけで。

吉村昭さんって作家がいたでしょう［『戦艦武蔵』や『ふぉん・しいほるとの娘』などの作品で知られる。妻の津村節子も作家］。

僕は吉村さんと親しかったんで、後で津村さんから聞いた話ですが、人工呼吸器をつけられたそうです。尊厳死協会には入ってなかったらしいんだけど、やはり最後には〝俺、もう逝くからいいよ〟って言って、自分で呼吸器を外しちゃった。津村さんは〝主人の自裁を見ました〟って手紙に書いておられましたが、これはやっぱり自殺なんですよね。

オランダあたりだと安楽死が法律的に認められてるじゃないですか。

でも日本では安楽死の問題は本当にタブーで、なんとかしなきゃいけないと思ってます。今どきの老人は簡単に死にませんから、年金制度なんてどうしたらいいのって話ですよ。深沢七郎さんの小説『楢山節考』じゃないけど、姥捨てとかは順番に自然なかたちで土に返っていくという生活の知恵だったんですね」

## 死を通して生を考える

この『風のガーデン』は約10年前のドラマだが、尊厳死や安楽死、さらに終末医療を取り上げながら、「人生の最期をどう迎えるか」という現代につながる非常に重いテーマを抱えることとなった。死を通して生を考えるという構造である。

「しかも放送開始の4日前、10月5日に緒形拳さんが亡くなってびっくりしました。9月末の制作発表には出席してらしたから。キャスティング段階では緒形さんの病気のことはぜんぜん知らなかったです。貴一はね、だいたい貴一ってああいう役（清廉潔白な医者というわけではなく、ちゃっかり伊藤蘭演じる看護師長と不倫していた）が合うんですよ。本人は真面目なやつですけど、真面目すぎてなんか裏があるような気がするじゃないですか。神木隆之介もよかったですねえ。僕もそれまで彼を知らなかったんです。ほんと、あの子はちゃんとしてますね」

かつて倉本は神木の役柄のイメージとして映画『レインマン』（ダスティン・ホフマ

ン主演）を挙げていた。

「そうでした。レインマン的なやつが僕の周囲にひとりいたんですよ。塾生の子供でね。すごく純粋なんだけど学校なんかには溶け込めない。

重いテーマを支えるためにも、あの少年や美しいガーデンが必要でしたね」

そういえば、キャンピングカーも秀逸だった。白鳥（中井）が運転して富良野に来るのだが、その後は停めたままの車内で生活していた。

「実際、はじめは動いてたんです。舘（ひろし）が乗ってたクルマなんですけど、東京都のディーゼル規制で乗れなくなった。で、僕がもらっちゃったんです。中を書斎に改造して、ときどき行っては原稿書いたりしてた。いまもあの森の中にありますよ」

医師たちはこのドラマをどう見たのだろう。

「賛否両論っていうより、医者は尊厳死や安楽死の問題について話さないですよ。まさにタブーだから。『やすらぎの刻～道』の中で、これは冗談にしようかホントにしようか迷ってるんだけど、末期のやつがね、生前葬じゃなくて大宴会やって、次の日に死んでるっていうのを入れようかと思ってる。

僕ね、そういうの、あっていいような気がする。本人も〝これで明日逝けるよ〟なんて言って明るく飲んでね。参加する人も今宵が最後と分かってる。二日酔いしたって翌日死んでるんだから。

あの〈やすらぎの郷〉のような施設でなら、ありだと思います。それをミッキー・カーチスにやらせたいなと思って。しかも結局死なないっていうね。大宴会やったのに。あんまり楽しくて、もう1回やりたくなっちゃう（笑い）」

視聴者も笑いながら話題にすればいい。『風のガーデン』が社会的にタブーだったテーマをドラマの形で展開したことで、家族や同僚とも話がしやすくなった。

「今どきはタブーかどうかはともかく、社会的なテーマを扱う、ずばりと掘り下げるようなドラマって少ないでしょう？　だからあえて僕はそういうものをやってみたい。

花って散るじゃないですか。しかも寿命はものすごく短い。ひとつの花が2週間生きていないぐらいでどんどん変わっていく。季節によって咲く花の色が違うんですね。一番最初はブルー系統かな。それから黄色になって、赤になって、紫になってと全体の花の色が変わっていくんですよ。

僕はずっと点描画を描いてるんですけど、福島の第1原発の隣に富岡という町があって、そこに夜の森地区っていうのがある。桜の名所でね、春には2・4キロくらいの桜のトンネルができるんですよ。ときどきそこへ入れてもらってスケッチしてるんですが、桜がいろいろつぶやいているような気がする。花だって言いたいことがたくさんあるんですよ、きっと」

# 第13章　美は利害関係があってはならない

## 「たけし」を全く認めない

『風のガーデン』（2008年、フジテレビ系）の2年後に放送されたのが、終戦記念特番と銘打った『歸國』（10年、TBS系）だ。元々は倉本が舞台劇として書き下ろした作品である。太平洋戦争中に南の海で戦死した英霊たちが65年後、「昭和85年」の日本に帰還する物語で、ドラマの主演はビートたけし。出演者に小栗旬、向井理、堀北真希といった旬の俳優を揃え、一見豪華ではあったが、倉本ドラマではこれまで見なかった顔触れに戸惑わされた。また、TBSでの本格的な作品は大原麗子主演『たとえば、愛』（1979年）以来の約30年ぶりだ。この長い空白は、倉本聰とTBSの間に何かあったということなのだろうか。

「いや、なんにもなかったんですけどね。

テレビ局と僕らフリーランサーとの関係って妙なものでね、ひとつのパイプができるとずっとそのままつながっちゃうんですよ。僕の場合『北の国から』があったから、長いことフジとのパイプが強かったわけで」

ＴＢＳからはフジの専属みたいに見えたのか。

「そんな感じだったんでしょうね。

ＴＢＳのＹさんって知ってます？　やり手のプロデューサーらしいけど、キャストに有名人だけ集めてくるっていうやり方には参りました。

それに、僕はたけしというのは全く認めないんですよね」

いきなりの衝撃発言だ。

「たけしとは、以前1本だけ15分くらいのミニドラマ「87年、フジテレビ系『昭和大つごもり――第九――』」をやってるんですけど、それだけですね。僕はあの人を全然認めない。

役者としても人間としてもですね。

だって土曜日のニュースショー「ＴＢＳ系『新・情報7ＤＡＹＳ　ニュースキャスター』」なんて、なにがフリージャーナリストで、なにが『刮目ＮＥＷＳ』だって話だもんね。あんなニュース番組でふざけたこと言われたって面白くもおかしくもない。大体、滑舌が悪すぎて何言ってるんだか判ンない。TBSがありがたがっての使い方が嫌ですね。なんであの人があんなに買われるようになったのか。それはもちろん監督として外国でヘンに認められるようになっちゃったからなんだけど、そんなにすごい人なのかと思う。まあ、個人の趣味だから大きな声では言えない話なんですけどね。僕はハッキリ言って嫌いです」

にもかかわらず、『歸國』はビートたけし主演だった。

「僕はあれ嫌だったんですよ。ドラマにすること自体が。ものすごく嫌だった。先方があんまり言うからつい許しちゃったんですけどね。

原作は棟田博さんの『サイパンから来た列車』という短編小説で、かつてそのタイトルのままラジオドラマになったことがあります。敗戦から10年後の日本を見るために、英霊が帰ってきて〝あ、女房に男がいる〟って驚くんだけど、それは息子だったりしてね。再建された平和な世の中を見て、英霊たちがほっとして帰っていくという話でした。だけど僕は、今英霊が帰ってきたら絶対にこの国の在りようを許さないだろうと思って書きました」

英霊にとって65年ぶりの日本は、科学と技術の全盛時代。物があふれ返り、なんでも捨ててしまうような社会を見て、英霊たちは落胆したり憤ったりする。脚本家・倉本聰の「本当にこれで幸せなのか？」という問いかけ、気合の入った社会批評でもあった。

「ただ、社会批評以前にテレビ向きじゃないような気がしましたね。

内容的にはやはり舞台のものでしょう。舞台の時はね、最後に英霊たちが海に帰っていくところで終わるんだけど、それで暗転した瞬間に、客席の周りだけ電気がバッとつく。すると英霊たちが観客に銃を突き付けているっていう演出にしたかったんです。最終的にはできなかったんですが。役者の人数が多くなかったから」

実現していたら卓抜な演出だ。しかしドラマの原作である舞台作品と人気俳優を並べた「豪華キャストドラマ」の間には距離がある。

「そういう豪華キャストみたいなのが嫌でしたね。どうしても、視聴者の見方が違っちゃうと思うんです。向井（理）くんだのが悪いってわけじゃなくてね。無名の役者だから無名の英霊になるんですよ。

それと、彼らは兵隊を演じられませんよ」

『歸國』のホン（台本）読みには行ってないのだろうか。

「行きました。でも、ビートたけしは来なかったと思います。来てたらいろいろ言ったでしょうね。

あれでYさんっていうプロデューサーが嫌になっちゃって。その後、また1回口説かれて日曜劇場の『おやじの背中』（14年）っていうのをやったんだけど、これも不満が残りました」

『おやじの背中』では複数の脚本家が「父と子」という同じテーマで競作した。倉本が書いたのは第3話の『なごり雪』だ。西田敏行演じる中小企業の社長が、会社の創立記念パーティーの直前に姿を消してしまう。

「あの作品も好きじゃないからほとんど見てないです。だから今売れてる、広瀬すずっていうの？　あの子が『なごり雪』に出てたっていうんだけど、当時はよく分かんなかった［女優としてデビューした翌年に、広瀬はこの作品で西田の孫娘を演じている］。

最近彼女を見て、テレビ局の人間に〝いい子だね〟って言ったら、〝倉本さんのドラマに出てたじゃないですか〟って笑われたけど、〝え、そうなの？〟って感じでしたね」

『歸國』の演出は鴨下信一。鴨下は倉本と同じ1935年生まれで、やはり東大の美学出身だ。学生時代から知っていたのか。

「知ってましたよ。東映の映画監督になった中島貞夫が美学の同期で、鴨下は僕より1学年上。それから僕の下にTBSで『時間ですよ』なんかを作った久世光彦がいた」

鴨下や久世と同じく、卒業後TBSに入った村木良彦も倉本と美学の同期で、のちにテレビマンユニオンの創立メンバーとなる。そして山谷馨はニッポン放送に入社し、やがて脚本家・倉本聰になっていく。当時の東大美学は多士済々である。

「東大の美学といっても、何をやるところか知らなかったですよ。だいたい入学した後は大学にほとんど行かなかったしね。

偶然1回授業に出たら、出席簿を読み上げていた先生が〝おっ！　そんな人、存在してましたか〟だって。ドイツ語の文章を読みなさいって言うんだけど、基礎的な単語すら覚えてないから読めない。隣にいた中島貞夫が全部口伝えで教えてくれて、なんとかごまかしてたら〝時間かかるから、中島くんが読みなさい〟って言われちゃった。

ただね、その日にアリストテレスの美学の根本、〈美は利害関係があってはならない〉ってやつを教わったんです」

その後、脚本家・倉本聰の座右の銘のひとつになる言葉である。

「これでもう東大に行った価値があったなと思った。神様ってのはうまい具合にいい道を与えてくださるんです」

## しっかりした演出家がいないと

『歸國』の2年後、12年にWOWOWで放送されたのがドラマWスペシャル『學』だ。自分が引き起こした事故が遠因となって両親を失った少年、學（高杉真宙）の物語だった。

パソコンだけが唯一の友達みたいな少年が、自分のパソコンを勝手にいじった幼い女の子を突き飛ばして死なせてしまう。そのことで世間から非難された少年の両親は自殺。少年は口を利かなくなり、家に閉じこもっていたところに仲代達矢演じる祖父が現れ、なんとカナダのロッキー山中に少年を連れ出す。しかも、その山中の冒険の途中で、祖父は自分の命と引き換えに孫の自立を促す。テーマにしろストーリーにしろ、さらに海外の山中でのロケにしろ、作り手の力量が問われる作品だった。

「これはね、前に話したカナダのバンフスクールで行われていたセミナーのひとつが元なんです。大企業のトップが30人くらい参加するんですが、まず〝秘書を連れて来ちゃいけない、ひとりで来い〟って言われる。それでサバイバル教官と一緒にヘリに乗り込んで、山の中へバラバラに降ろされていく。それから3日間、教官が持ってきたナイフだけを道具として使いながら目的の場所までたどり着くっていうセミナーです。当時、雑誌の『TIME』でも特集されましたが、それぐらいおもしろいセミナーだった。僕は自分でやってみたくなって、堤（義明）に話したことがあるんですよ。〝こういうのがあって、日本でやりたいんだよ。富良野で自衛隊使ってできないかな？〟って。

堤も〝おもしろいんじゃねえか、それ〟って言ってましたけどね。それに〝結構バカな経営者がいるから集まるよ〟なんて」

この頃はすでにインターネット全盛時代。「あなたが手にしてるPCだろうが、ポケットのケータイだろうが、それだけじゃ生きていけないよ」ということを突きつけたドラマだった。

「書いたのはずいぶん前ですけどね」

出来上がりをどう思ったのだろう。

「めちゃくちゃでしたね。

やっぱりしっかりした演出家がいなかったことが大きいです。WOWOWは一生懸命やってくれたんですが、主人公の學を演じた少年もあまりよくなかった。オーディションミスです」

仲代と倉本の組み合わせは岡本喜八監督の映画『ブルークリスマス』（78年）以来だ。しかし倉本と仲代は、良い悪いではなく、求めている芝居が違う気がするが。

「違いますね。

あの人、〈無名塾〉ってのをやってたでしょう？　富良野塾と形態が似てたんです。だけど根本的に違ったのは、彼のところは塾生に一切のアルバイトを禁じていた。だから最初は余裕のある人しか入れなかったんです。

外に出ないでずっと芝居漬けにして。うちみたいに生活費を稼ぐってことはいらなかったんですよ。いらないというよりさせなかったのか。でも、結果的に向こうのほうが役者は育ってますよね。

役所広司とか結構出てきたけど、アルバイトを禁止して、若者に生活を無視してやらせるっていうのは僕には分からなかった。ちょっと違うと思ったんだよね」

２０１０年代前半の仕事について倉本はどう思っているのだろう。

「この時期、舞台が忙しくてドラマはあまり書いてないなぁ。僕もドラマを見なくなっちゃったし、それからたまに見てもとてもじゃないけど……」

ストレスになる?

「そうなんですよ。なんでみんなこんなに怒鳴るのっていうぐらい叫ぶでしょう? 小声で芝居できないのかよっていう感じがあったたし。刑事モノだとすぐ叫んじゃう。役者の質もどんどん落ちてった気がしましたね。

ほら、「警視庁密着24時」みたいなのあるじゃないですか。あれを見てると警察官が大声出すなんて、めったにないでしょう? ものすごく優しい言葉でやるでしょう。

実際は〝バカやろう!〟みたいに怒鳴ることってないんですよ。それを無視して警察とか刑事はこういうものだっていう先入観で演じている。役者もそれを観客として見慣れてるものだから、自分が刑事モノに出た時に〝このやろう!〟とかって怒鳴っちゃう。そうやってドラマ全体がどんどん嘘くさくなっていくわけです」

# 第14章　〝これが最後〟という覚悟がいい仕事を生む

## 「大変だから」舞台は楽しい

倉本は長年、舞台にも懸命に取り組んできた。『谷は眠っていた』（１９８８年）に始まり、『今日、悲別で』（90年）、『ニングル』（93年）、『走る』（97年）、『屋根』（２００１年）、『オンディーヌを求めて』（同）、『地球、光りなさい！』（02年）、『歸國』（09年）と続く。

『今日、悲別で』は、ドラマの『昨日、悲別で』（１９８４年）と舞台『明日、悲別で』（２０１２年）で３部作になっており、物語が進化していく。『明日、悲別で』は発端から約20年後の話である。

自分で書き、自ら演出し、同時に目の前の役者たちを育てていく。大変な作業だったのではないだろうか。

「大変だから楽しかった。割には合わなかったけど（笑い）、よく続いたもんだと思います。

『今日、悲別で』の時にカナダとニューヨークに持ってったんですよ。我々の芝居が外国でどれぐらい通用するのか、しないのか、試してみたかった。そうしたら日本よりずっと評価されました。これはうれしかったですね。

現場では英訳を出しましたけど、観客は途中からほとんど英訳を見なくなりました。

一番最初はカナダでしたが、シェイクスピアの映画祭が行われる町の隣で創作劇の演劇祭があった。そこに外国から初めて呼ばれて行きました。

会場は戦没者のメモリアルホールみたいな公会堂で、午前中に学生オンリーで見せたんです、中学生、小学生に。初めはわあわあ騒いでたんだけど開演と同時にシーンとなって、終わった瞬間もみんな黙ってるんですよ。ダメかなと思ったら、突然〝わー!〟って立ち上がって拍手。それを見て涙が出ましたね。

すごかったですよ。翌日の新聞が「amazing（素晴らしい）」よりも上位の褒め言葉、「mesmerizing（魅了された）」と書いたからどっと人気が出ちゃった。それからトロント、ニューヨークと回って。ニューヨークでは寺山修司がやった劇場〈ラ・ママ〉で上演しました」

若き日の寺山を知っているだけに感慨深かったことだろう。

「時空を超えて寺山と舞台に立ってるみたいでね。ここでは2週間やったんだけど、最初の1週間は日本人が多かった。でも途中から外国人が並び始めて小劇場がいっぱいになりました。

オーナーだったエレン・スチュワートっていう有名な黒人のおばさんが〝(観客が増えたので)客席を少し前にせり出してもいいか〟って聞くから、〝もちろんいいよ〟と答えた。そして翌日には〝もう少しせり出していいか〟って。おかげで舞台がどんどん小さくなっちゃった。感激でしたね」

## 明菜とマッチでやりたかった映画

倉本作品にはさまざまな役者たちが起用されてきた。脚本を具現化する配役へのこだわりが人一倍強い倉本の目に、彼らはどう映ったのか。

「映画『海へ～See you～』(88年)を書いたときは中森明菜でやる予定でした。本当は明菜とマッチ(近藤真彦)でやりたかったんですよ[実際には桜田淳子主演だった]。

映画『冬の華』(78年)の池上季実子の役も、山口百恵で書いたんですから。『駅 STATION』(81年)の3人の女は倍賞(千恵子)、いしだ(あゆみ)、烏丸(せつこ)でしたが、烏丸の役はもともと大竹しのぶで書いたものです。でも、しのぶがつかまらなくて烏丸になった。烏丸も良かったんですけどね」

そういえば、勝新太郎とはどうだったのだろう。

「かっちゃんはね、何度も仕事しかけてるんですよ。けど、全部潰れているんです。本当に僕と気が合ったし、年中飲んでしゃべったんですけどね。ものすごくひらめきがいいんですよ。ただ、ひらめきの脳はあっても構成する脳が全然ない。〝これはこうやってこうするけど、どうだ?〟と言われて、〝いいね〟と返す。すると〝じゃあ、今度はこれでどうだ〟っていう感じなんだけど、話としてつながらないんです。

個々の発想は面白いけど、構成する能力がない。それでいつもケンカの寸前まで行って〝これ以上、しゃべってるとケンカになるからやめよう〟って別れちゃう。ずいぶん一緒に旅館にこもったりしましたよ。

クリエーターとしての情熱はすごかったですね」

他に関わってきた男優といえば石原裕次郎、高倉健、田中邦衛、それから……。

「笠智衆さんですね、僕は」

**笠智衆は「宝」**

「僕の中の印象として、笠さんは小津（安二郎）さんが亡くなってから変わったと思うんです。

以前、NHKが映画『東京物語』（53年）をリメークしたんです［71年の『海の見える家』のこと。短期の連ドラだった］。

原節子の役を八千草（薫）さんがやったんですけど、この時の笠さんが素晴らしかった。小津さんの束縛から完全に抜けた感じだったんです。まあトシも取って、役柄の年齢と重なっていたし、なんとも良かったですね［小津は箸の上げ下ろしの位置まで指示することで有名だった］。

自由になった。解放されたんでしょうね。笠さんは秀逸でしたし、八千草さんも良かった。あのテレビ版『東京物語』はすてきだったなあ。

一番最初に出ていただいたのは、『わが青春のとき』（70年、日本テレビ系）だと思います。そのとき、手にしている台本の表紙に〈倉本組〉って書いてあったんですよ」

それはうれしかったはずだ。

「ええ。普通は監督がいるわけだから違うはずなんだけど、以来、出演する時はいつも倉本組って書いてくれてました。

『幻の町』（76年、HBC制作）では、笠さんと（田中）絹代さんの共演でした。お二人は松竹大船からの長い付き合いですけど、出会った頃の笠さんは大部屋俳優で、絹代さんはすでに大スター。雲上人だったわけです。それで『幻の町』では夫婦役で、しかもキスシーンがあるって笠さんに言ったらもう舞い上がっちゃって。

2人のキスシーンは素晴らしかった。笠さんが絹代さんにキスしたあと、ふっと離れたと思ったらひとりでスキップしたんです。ご自分の発案なんですよ」

脚本にはなかったのだ。

「ないんです。あれには笑っちゃいました、かわいくて。しかもそんな笠さんが結構、ワイ談なんかする。信じられないでしょう？

たとえば小樽でのロケ中にね、（桃井）かおりがしょんぼりしてたら〝桃井さんどうしました？　ホームシックですか〟と近寄って来て、かおりに〝抱いてやりたいのだが、もう立たんのじゃ〟なんて言ったりする。

それから戦時中の話ですけど、結婚直後に1カ月ほど満州に行ってたことがあり、ようやく帰ってきたのに家の中が暗かった。裏に回って窓からのぞいたら、台所で奥さんが野菜を刻んでる。

で、笠さんが言うんですよ。〝トントンとノックしたら、女房がハッと気づいて前掛けで手をふきながら勝手口の扉を開けてくれました。愛《いと》しゅうて、愛しゅうて、わしゃあ反射的に押し倒して一発やってしまいました。やり終わってから〝ただいま〟と言うたら、〝おかえり〟と答えました〟って。こういう話、たまんないでしょう！　もうねぇ、映像で浮かんでくるし。すてきですよ、あの人は。とにかく仏様でしたね」

笠智衆は『平戸にて』（1972年、RKB毎日放送制作）、『幻の町』、『北の国から』（81〜02年、フジテレビ系）、『波の盆』（83年、日本テレビ系）と倉本ドラマに出演している。

私は『波の盆』の時、テレビマンユニオンのアシスタントプロデューサーで笠さん付きだった。あと半月ぐらいでマウイ島ロケというタイミングで、いきなり笠さんから電話がかかってきて「足が痛いから行けない」と言われたことがあった。すぐ大船のお宅に飛んでいくと、笠さんは「困った、困った」を連発する。そして、「この役もトシだから断ろうと思ったけれども倉本さんのホン（台本）だし、これが最後のドラマと思っていたのに」と謝るばかり。

「そうだったんだ。あの人はいつも最後、最後と言うんです」

笠さんが「このバカな足のせいで行けなくなった」と泣きそうなので「分かりました。とにかくお医者さんに診てもらいましょうよ」と説得し、鎌倉の病院に何度か一緒に通った。毎回、「これ、倉本さんとの最後だから頑張ります」と言いながら治療を受けていたが、その甲斐あってマウイロケに参加することができたのだ。

「そんなことが。僕はね、笠さんの口ぐせである〝これが最後〟という言葉がとっても勉強になりましたよ。やっぱりそういう覚悟がないといい仕事ってできないんです。『やすらぎの郷』は僕も本当に最後だと思って書いたし、今度の『やすらぎの刻〜道』も最後だと思ってやりました。男の覚悟を笠さんから学ばせてもらいましたね」

笠さんは足がなんとかなってきた頃、私を長年通っているという、うなぎ屋に案内し、お礼だからと特上のうな重をごちそうしてくださった。食後に自宅までお送りすると、今度は私を見送ると言って、駅を見おろす坂道の上からずっと手を振っていらした。そんな人だった。

「ほんと、すてきな人でしたね。あの笠さんと何本も仕事できたことは僕の宝です」

# 第15章　神さまが書かせてくれている間は書き続ける

## 一番書きたいのは「原風景」

倉本は現在、『やすらぎの郷』(2017年、テレビ朝日系)の続編となる『やすらぎの刻〜道』の放送開始を間近に控えている。だがこの新作は、老人ホーム〈やすらぎの郷〉に暮らす人たちの現在が描かれるだけではない。筆を折っていた脚本家・菊村栄(石坂浩二)が発表のあてもないまま執筆していく〝新作〟も映像化していくという野心的な企てだ。

倉本はこれを、菊村の「脳内ドラマ」と呼んでいる。舞台は山梨の山村。昭和から平成までを生きた無名の夫婦の歩みが軸となる。

「書き上げたのは18年の11月1日ですね。今回は1年間の放送なので全235話になりました。現在の話を『刻』、脳内ドラマを『道』だとすれば、ドラマ2本を同時に書いたようなものです」

以前、『やすらぎの郷』の放送が終わった直後にインタビューした際、倉本は〝やすらぎロス〟を口にし、連続ドラマはこれが最後だろうと言っていた。それが、なぜスケールアップした1年間の作品を書くことになったのだろう。

「終わってから、しばらくして、早河さん〔テレビ朝日・早河洋会長〕がお疲れさまの会をしてくれたんですよ。その席でいきなり出たんじゃなかったかな。２０１９年がテレ朝の開局60周年に当たる。そこで18年は〈帯ドラマ劇場〉という枠を1年間休んで、19年に満を持して年間通したものをやりたいって。

1年となると、自分が生きてるかっていうのがまずあって、さすがにちょっと考えさせてくださいって言いました。ただ即答は避けたんだけどシナハン〔脚本執筆のための取材であるシナリオハンティング〕には行ったんです。やっぱり、ある程度できる見通しが立たないと返事ってできないんですよね。できるという見通し、自信がついてから受けますっていう話をしないと。それには一応、ホン（脚本）を作るっていう作業にかかるんですよ、いつも」

すぐにシナハンに出かけたということは、この時、倉本の中にはすでに基本構想があったのか。

「この脳内ドラマの方は僕の『屋根』っていう舞台がベースです。あの芝居では明治生まれの夫婦に大正・昭和・平成という時代を生きた無名の人たちの歴史を重ねていったんですが、いわばその応用編ですね。

シナハンでは山梨に行きました。あそこには満蒙開拓団とか養蚕業とか、戦前からの日本を象徴するような歴史や文化がありますから。それと『屋根』を結びつける作業は可能だろうかって、見極めようとしたんです。で、シナハンに行ってノートを取ったり、人物像を構築してみたりしてるうちに、うん、できるかもっていうふうに思ったのが2〜3カ月たってから。それでやりますっていう話になったんですね」

山梨は東京から100キロあまりだ。大人数のキャストやスタッフが移動するドラマ作りを思うと、ロケ地としても格好の場所かもしれない。

「戦後ですけど、小淵沢に近い甲斐大泉っていうとこの開拓村に、満蒙開拓団から戻ってきた人たちがパラパラと入植したんです。何もない、荒い野原でしたが、僕は学生の頃、夏休み中のボランティアでその開拓村に行ってたことがあるんです。

当時は何にもなかったですね。村の中に大きな木が1本あって、その木にびっちり蛾がついているような状況で。自分も貧しい農家さんに泊まって、ひと夏働いた。そのときに見た、八ヶ岳を背景にした荒涼たる景色が僕の中にあったんですよ」

復興から経済成長という戦後の流れの中で消えていってしまったが、当時、そうした風景は山梨に限らず全国にあったはずだ。

「そうですね。子供の頃に遊んで帰った、田舎の泥んこの一本道がある。やがて舗装されると人々が町へと出ていく。故郷は過疎になり、道にはペンペン草が生えてくる。それが登場人物たちの原風景なんです。そこに帰っていきたいっていう老夫婦を書きたいんですよ。

でも、都会の若い人たちには原風景ってないでしょう？　高層マンションで生まれて、土や草がないアスファルトの上で育って。ちょっとかわいそうだなって思う。

以前、赤坂プリンスホテルが大改修工事で地面を掘ってたんです。柵越しにその穴をのぞいたらアスファルトの下は赤土。関東ローム層です。ぞくっとしましたね。むかし、泥んこ遊びをした土がそこにあった。土がないわけじゃなくて、土の上を覆っちゃったんです。

あれが原風景になるのかっていうのはありますよね。原風景がないから、自然を壊しちゃうことも平気だったりする。

　自分が帰っていく場所。その象徴としての一本の道。今度のドラマでそんなものを描きたいんです」

　キーワードは〝原風景〟だ。

「いわば日本人の原風景ですよね。僕には僕の原風景があるわけだけど、山梨辺りだと割と歴史のあるところでしょ？　だから藁葺きの屋根なんかも残っていたし、昔からの道もあった。

　で、その原風景の中に、最後に老人たちが死にかけたときに再び入っていくっていうイメージです。柳田国男の『遠野物語』の中に「デンデラ野」っていうのが出てくるんですね。要するに、60歳を過ぎたらデンデラ野という山の中の村へみんな自発的に入っていく、姥捨てみたいな伝説が。

　一方、山梨は深沢七郎の『楢山節考』があったりして、そのあたりの結びつきができてくるんじゃないかっていうのが発想の1つのポイントでしたね」

## 「脳内ドラマ」というチャレンジ

「脳内ドラマ」の物語は1936年(昭和11年)から始まる。2・26事件のあった年だ。主人公は山梨の山村で生まれ育った少年、根来公平。倉本より12歳年上だが、一回り上の世代を主人公にした設定にはどんな意味合いがあるのだろう。

「終戦時の僕は10歳で、召集されるっていう恐怖はなかったんです。でも2、3年上はあったと思うんですよ。14歳から幼年学校に入るやつもいましたからね。だから、そのいちばん怖いところに差しかかっている年代を題材にしてやりたいなと思って」

私の亡父は昭和3年(1928年)生まれだった。戦時中は信州の農学校の学生だったが、援農で北海道の帯広に送り込まれる。もうすぐ徴兵かというところで終戦だった。

「戦時中のことをいろいろ調べてみると、徴兵の年齢がどんどん下がっていくんですね。最初は20歳で最後は17歳まで下がっちゃう。

脳内ドラマの登場人物の中には山奥に逃げこむやつもいて、山の民と呼ばれる山窩《さんか》に入っちゃうとかね」

山窩は、かつて日本の山間部に暮らしていた人たちだ。定住しないことに特徴があるが、その実態はあまり知られていない。

「かつて20万人いたっていうんですよ。彼らは戸籍を拒否していたので正確な数は不明なんだけど、終戦直後でも1万2000人ぐらいはいたそうです。

以前にも、山窩をテーマに友人の中島（貞夫）が監督した映画『瀬降り物語』（85年、東映）に関わったことがあるんです。今回、山窩小説家で研究家の三角寛さんの本なども参考にしながら書きました。

それで山窩はね、僕も岡山に疎開している時、実物に会ってるんです。家々を〝鋳掛《いか》け［鍋、釜などの修理・修繕］の仕事はないか〟って回っていた。竹かごを売ったりしてね」

脳内ドラマには、満州も物語上の重要な場所として登場する。台本を読んでいて、浅丘ルリ子も出演していた映画『戦争と人間』を思い浮かべた。

「満州では開拓民が集団自決したり、ソ連兵にひどい目に遭わされたり。その生き残りが日本に逃げてきて山奥の村でひっそり暮らしている……そういうのをマヤ（加賀まりこ）にやらせたかったんですよ。つまり脳内ドラマには、〈やすらぎの郷〉のメンバーもキャスティングされていく。書いてるのは菊村ですから、もう自由自在でした（笑）」

水谷マヤは老人ホーム〈やすらぎの郷〉で暮す往年の大女優だ。彼女をはじめ、白川冴子（浅丘）などお馴染みの顔に会えるのも嬉しいが、〝新顔〟の登場にも期待が集まる。

### 〈やすらぎの郷〉の新たな住人たち

「僕、前作の『やすらぎの郷』で何人も殺しちゃったでしょう？　八千草（薫）さんを殺しちゃったし、有馬（稲子）さんは認知症になっていなくなったし、五月（みどり）さんもスタッフと結婚してどっか行っちゃったし。野際陽子さんは本当に亡くなってしまった。

まあ、今回は新人というか、新たな入居者も登場させますけどね。名前で言えば大空眞弓さん、水野久美さん、丘みつ子さん、松原智恵子さん、そして（いしだ）あゆみちゃんもいます。

松原さんは日活時代に僕の作品に何本か出演してますが、今回は結構おもしろい役で出てきますよ。すぐ認知症にかかっちゃうんですけどね。また水野さんは、彼女が養成所から出てきた20歳前後に会ったきりなんです。だから楽しみで」

水野久美といえば、私たち昭和40年代の少年にとっては東宝怪獣映画のヒロインであり、憧れの〝キレイなお姉さん〟だった。また、老人ホーム〈やすらぎの郷〉には女性だけでなく、男性の新メンバーも入ってくる。たとえば橋爪功だ。

「彼のことは養成所時代から知ってるんですよ。僕のカミさんと同じ劇団〈円〉だったから。その後は全く付き合いはなかったんですが、ここ何年か、すごくリアルないい芝居をするようになったなって思ってたんです。石坂浩二とも初めてだそうだから、多分ドラマでは面白いことになるでしょうね。

それから、嬉しかったのはジェリー藤尾です。僕の友人の矢野誠一［演劇評論家］が、永六さん［永六輔のこと］を送る会にジェリー藤尾が出てきたよって教えてくれました。『遠くへ行きたい』を歌ったんだけど、これがしびれたって」

役者としてのジェリー藤尾が見られるとは驚いた。

「やっぱりね、年とった俳優っていうのは、もう年とってるというだけで、何かがありますよ。演技のうまい、下手じゃなくて。生き抜いてきたこと自体の厚みみたいな。それに大仰な芝居をあまりしなくなりますしね。その存在だけで、見る人に何かを感じさせてくれます」

橋爪功は〈やすらぎの郷〉の入居者であると同時に、「脳内ドラマ」の主人公・公平も演じるという大役だ。ちなみに青年時代の公平役は風間俊介である。さらに「脳内ドラマ」のヒロイン、根来しの役は清野菜名《せいのなな》と八千草薫のリレー形式だ。

「風間と清野の2人はちょっと近来になく、いいコンビです。どちらも真面目だし。清野なんかにしても1人で山梨行ったり、それから福島行ったりして勉強してますしね。根性が違いますよ、昨今のタレントとは。

とはいえ、脳内ドラマ『道』には風間がいて、それが橋爪になるでしょ？　一方で、橋爪は現在の『刻』のほうにもレギュラーで出ているわけですよね。そこら辺の絡みを視聴者がどういうふうに理解するんだろうっていうのは見当つかないんですよ、僕も」

今回の新作は、「劇中劇」とは異なる「脳内ドラマ」を設定したことで、ドラマの既成概念を超えるというか、新たなドラマの形を提示する側面がある。

「劇中劇っていうのはね、古くはシェイクスピアなんかにあるんだけど、つまり劇の中で登場人物たちが劇を演じるっていうものなんですよね。

例えば『ハムレット』なんかでも、劇中で旅芸人の一座が、ハムレットが手を入れた『ゴンザーゴ殺し』という芝居を上演します。そこではハムレットの父である先王が弟のクローディアスに殺害される場面がほぼ再現されていた。こういうのが劇中劇です。

菊村が書くドラマは作者の頭の中の世界、まさに脳内ドラマであって、劇中劇ではないんです。話が過去と現在を行ったり来たりするんで、視聴者が不自然と思わずスムーズに入っていけるかどうかがポイントでしょうね」

今どきのドラマの作り手は、視聴者に対して「これぐらいがちょうどいいだろう」という配慮が強すぎるようにも思う。確かに冒険ではあるが、「脳内ドラマ」という前代未聞の仕掛けには、視聴者の「見る力」を信じようとする倉本の意思さえ感じる。

## 戦争の怖さってものを知らない

ドラマの導入部では、巻物型年表を手作りする菊村の姿などが描写され、シナリオやドラマ作りの裏側が物語の中に随分織り込まれている。おかげで視聴者は菊村の頭の中の物語にすんなりと入っていけるのだが、同時に、倉本脚本の奥義開陳といった感もある。

「リアルなシナリオ作りの話は再三にわたって出てくる。僕が実際にやっている履歴書作りとかも。ドラマっていうのはこうやってできていくんだよってことを、ちゃんと視聴者に見せるのもドラマじゃないかと思って。

ちょっとしつこいと思うぐらいシナリオ作法を見せようかなと。〝こんなやり方だと今どきのテレビドラマになっちまう〟なんていうセリフも出てきます」

前作『やすらぎの郷』でも、今どきのドラマやテレビについての鋭い批評や批判が飛び出して話題になった。また新作には倉本が加入したという尊厳死協会の話も出てくる。

「人の死も含め、シリアスなものもズカズカ出したかったんです。〈やすらぎの郷〉という施設では人が死ぬのは当たり前のことですから。前作ですっかりお馴染みになった面々も例外じゃない。

なかには体形が太めで、病み衰えて痩せた姿を演じられないメンバーもいる。そういう連中はほとんど画面に出さないで殺そうと思ったんですけどね（笑い）」

倉本の脚本は音楽についても細かく書き込まれている。「脳内ドラマ」でも、くさびのように当時の楽曲が入ってくるが、音楽がいかに時代を呼び覚ますか実感させられる。

「李香蘭《りこうらん》（山口淑子）の『蘇州夜曲』や『夜来香《イエライシャン》』とか、渡辺はま子の『愛国の花』とか、戦時歌謡みたいなものも積極的に入れてます。僕もおぼろげには覚えているんだけど、〝この曲、なんだっけ？〟って聞ける相手が少なくなっちゃって。カミさんに聞いたりしてね。

時代背景はともかく、『蘇州夜曲』なんて歌詞自体がいいですよ。それと小学唱歌もいいものがあったでしょう? 感心できるのはせいぜいフォークの時代までかなあ」

もうひとつ特筆すべきは、登場人物たちの会話の中にゲーテの『若きウェルテルの悩み』や高村光太郎の『智恵子抄』などが出てくること。つまり教養ドラマの側面があり、これは倉本作品ならではのテイストだ。

ドラマをきっかけにして、劇中に登場する小林多喜二の作品が本屋の平台に並んだりするといいと思ったりする。それに、かつて特定の本を持っているだけで逮捕される時代があったということは今に伝えられるべきだろう。現代の危うさにも通ずる話だからだ。

「安保法制なんてのが通っちゃう国になった。つまりね、安倍さんなんかは戦争を知らないんですよ。戦争の怖さってものをね。アメリカ人は外に戦争を仕掛けていくわけだけれど、本土はやられたことがなかった。だから、9・11の時にパニックになった。実際の戦争っていうのを9・11で見せられてアフガニスタンに侵攻したアメリカの言いなりになってたら、この国や国民を危うくしますよ」

今回の作品には倉本が書きたかったものが全部詰まっているという感じだが、もう言い残したことはないのだろうか。

「いやいや、そんなことないですよ。あれ書いときゃよかった、これ書いときゃよかったっていうのはあるし。今になると短かったと思いますね。もっと書きたいものがいっぱいあったのに、〝遺言〟としてのドラマにしちゃ短かったなっていう感じがありますね」

## 恐れることなく跳び続ける

聞き続けてきたこの長い〝遺言〟も、いよいよ終わりにさしかかってきた。思い出されるのは、倉本の著書『見る前に跳んだ――私の履歴書』（16年、日本経済新聞出版社）の一節だ。

倉本は、「自分の人生は理屈通りに順風満帆だったわけではない」とした上で、「もがき、ぶつかり、しくじった。まず跳ぶ。しかるのちに考える。そういう無鉄砲な人生を送ってきた。だから面白いんじゃないかな、と思っている」と書いていた。

「**碓井さんが巻末に解説文を書いてくれた本です**」

80歳を越えても倉本は堂々の無鉄砲で、恐れることなく跳び続けている。不肖の弟子としてはその姿勢と精神を学べたことに感謝するしかない。

「まあ、先のことどころか明日のことだって分からないけど、連ドラはともかく（笑い）、神さまが書かせてくれている間は書き続けたいですね。

数えきれないほど書いてきて、まだ書きたいことが山ほどある。それってずいぶん幸せな物書き人生ですよ。今回、碓井さんと一緒に自分の長いドラマ渡世を振り返ってみて、改めてそう思いました。本当にありがとう。おつかれさまでした」

# おわりに

脚本はドラマの設計図であり海図である。制作者も出演者も、そこに書かれた物語と人物像を掘り下げ、肉付けしながら完成というゴールを目指す。

倉本聰のドラマを駆動させているのは、なにより登場人物たちそのものだ。先にストーリーがあって、そこに人物をあてはめるのではない。生まれ、育ち、経歴を丁寧に作り込むことで、視聴者と出会うまでに彼らが経験してきたことの総体が、かけがえのない物語を生み出していく。

画面の中に私たちと同じ生身の人間がいること。フィクションだからこそ徹底的にリアルにこだわること。時代を超えて見る者の気持ちを揺り動かす、倉本の凄さがそこにある。

この長いインタビューを終えて思うのは、倉本にまつわるいくつもの伝説は、自分自身に妥協を許さず、常に本物を目指そうとする姿勢から生まれたものだったということだ。本気で作られたドラマは人間と社会の実相を映しだす。それを見た人が少しだけ心豊かになり、「人生はそんなに捨てたもんじゃない」と思えてくる。倉本ドラマにはそういう力があるのだ。

だからこそ、プロデューサーとしてドラマやドキュメンタリーを作っていた頃も、また大学に足場を移してからも、私にとって倉本は仕事と生き方の指標だった。「師匠に見てもらって恥ずかしくないか」と自分の位置を確認し軌道修正してきた。

今、この文章を書きながら、一生頭の上がらない師匠という存在を持てたことの幸せを、あらためて感じている。

本書はそんな師匠との共同作業から生まれた。連載時にお世話になった日刊ゲンダイの米田龍也さんと小川泰加さん、テレビ朝日『やすらぎ』シリーズのプロデューサーである中込卓也さん、そして新書という形にして下さった新潮社の北本壮さんに感謝したい。皆さんのおかげで、倉本聰との36年間にひとつの〝落とし前〟をつけることができた。

こうして〝遺言〟も完成したことだし、倉本には「どうぞ心置きなく長生きしてください」と言いたい。その上で、たとえ連ドラでなくてもいい。1本でも多くの作品を書き続けてほしいし、見続けていきたい。師匠、これからもよろしくお願いします。

碓井　広義

2019年1月1日　倉本聰84歳の誕生日に

# 倉本聰　主要作品略年表

| | |
|---|---|
| 1935（昭和10）年 | 1月1日、山谷馨（倉本聰）、東京・代々木に生まれる。 |
| 1948（昭和23）年 | 13歳。小説『流れ星』（麻布中学校内誌「言論」） |
| 1955（昭和30）年 | 20歳。東京大学入学。舞台『雲の涯』（駒場祭） |
| 1956（昭和31）年 | 21歳。ラジオドラマ『鹿火』（青森放送）出演・〈劇団仲間〉 |
| 1959（昭和34）年 | 24歳。東京大学文学部美学科卒業。ニッポン放送入社。ラジオドラマ『この太陽』（毎日放送）出演・大木民夫、加藤治子 |
| 1961（昭和36）年 | 26歳。『パパ起きて頂だい』（複数の脚本家による作品、以下★印。日本テレビ）／ラジオドラマ『いつも裏口で歌った』（ニッポン放送）出演・寺山修司 |
| 1963（昭和38）年 | 28歳。ニッポン放送退社。シナリオ作家として独立。『現代っ子』★（日本テレビ）出演・鈴木やすし、中山千夏／映画『現代っ子』★（日活・中平康監督）／舞台『地球　光りなさい』 |
| 1964（昭和39）年 | 29歳。映画『月曜日のユカ』（日活・中平康監督）出演・加賀まりこ／映 |

| | |
|---|---|
| | 画『くノ一忍法』★(東映・中島貞夫監督)出演・芳村真理 |
| 1965(昭和40)年 | 30歳。『青春とはなんだ』★(日本テレビ)出演・夏木陽介 |
| 1966(昭和41)年 | 31歳。『これが青春だ』★(日本テレビ)出演・竜雷太 |
| 1967(昭和42)年 | 32歳。『文五捕物絵図』★(NHK)出演・杉良太郎 |
| 1969(昭和44)年 | 34歳。『颱風とざくろ』(日本テレビ)出演・松原智恵子、石坂浩二 |
| 1970(昭和45)年 | 35歳。『わが青春のとき』(日本テレビ)出演・石坂浩二、樫山文枝/『君は海を見たか』(日本テレビ)出演・平幹二朗、野際陽子 |
| 1971(昭和46)年 | 36歳。『2丁目3番地』★(日本テレビ)出演・石坂浩二、浅丘ルリ子、森光子/東芝日曜劇場『おりょう』(中部日本放送)出演・八千草薫/『ひかりの中の海』(日本テレビ)出演・嵐寛寿郎、白川由美 |
| 1972(昭和47)年 | 37歳。『3丁目4番地』(日本テレビ)出演・森光子、浅丘ルリ子、石坂浩二/『氷壁』(NHK)出演・司葉子、原田芳雄/『赤ひげ』★(NHK)出演・小林桂樹、あおい輝彦/東芝日曜劇場『風船のあがる時』(北海道放送)出演・フランキー堺/同『平戸にて』(RKB毎日放送)出演・八千草薫、笠智衆/同『田園交響楽』(北海道放送)出演・木村功、仁科明子 |
| 1973(昭和48)年 | 38歳。東芝日曜劇場『祇園花見小路』(中部日本放送)出演・奈良岡朋子、 |

| | |
|---|---|
| | 萩原健一／同『聖夜』（北海道放送）出演・小倉一郎、仁科明子 |
| 1974（昭和49）年 | 39歳。大河ドラマ『勝海舟』（NHK）出演・渡哲也、松方弘樹、尾上松緑／『6羽のかもめ』（フジテレビ）出演・淡島千景、加東大介／東芝日曜劇場『りんりんと』（北海道放送）出演・田中絹代、渡瀬恒彦 |
| 1975（昭和50）年 | 40歳。『前略おふくろ様』（日本テレビ）出演・萩原健一、梅宮辰夫／『あなただけ今晩は』（フジテレビ）出演・若尾文子、藤田まこと／東芝日曜劇場『うちのホンカン』（北海道放送）出演・大滝秀治、八千草薫 |
| 1976（昭和51）年 | 41歳。『前略おふくろ様Ⅱ』（日本テレビ）出演・萩原健一、八千草薫／『大都会　闘いの日々』★（日本テレビ）出演・石原裕次郎、渡哲也／東芝日曜劇場『幻の町』（北海道放送）出演・笠智衆、田中絹代 |
| 1977（昭和52）年 | 42歳。富良野に移住。『あにき』（TBS）出演・高倉健、大原麗子 |
| 1978（昭和53）年 | 43歳。『浮浪雲』（テレビ朝日）出演・渡哲也、桃井かおり／『坂部ぎんさんを探して下さい』（読売テレビ）出演・笠智衆、佐藤オリエ／映画『冬の華』（東映・降旗康男監督）出演・高倉健、池上季実子／映画『ブルークリスマス』（東宝・岡本喜八監督）出演・仲代達矢 |
| 1979（昭和54）年 | 44歳。『たとえば、愛』（TBS）出演・大原麗子、原田芳雄／『祭が終ったとき』（テレビ朝日）出演・竹脇無我、室田日出男 |

| | |
|---|---|
| １９８０（昭和55）年 | 45歳。『さよならお竜さん』（毎日放送）出演・岩下志麻、緒形拳 |
| １９８１（昭和56）年 | 46歳。『北の国から』全24話（フジテレビ）出演・田中邦衛、吉岡秀隆、中嶋朋子／映画『駅　ＳＴＡＴＩＯＮ』（東宝・降旗康男監督）出演・高倉健、倍賞千恵子 |
| １９８２（昭和57）年 | 47歳。『ガラスの知恵の輪』（毎日放送）出演・萩原健一、大竹しのぶ／『君は海を見たか』（フジテレビ）出演・萩原健一、伊藤蘭 |
| １９８３（昭和58）年 | 48歳。『北の国から'83冬』（フジテレビ）／『波の盆』（日本テレビ）出演・笠智衆、加藤治子 |
| １９８４（昭和59）年 | 49歳。「富良野塾」開塾。『昨日、悲別で』（日本テレビ）出演・天宮良、石田えり／『北の国から'84夏』（フジテレビ） |
| １９８５（昭和60）年 | 50歳。舞台『昨日、悲別で　ＯＮ ＳＴＡＧＥ』出演・天宮良、石田えり |
| １９８６（昭和61）年 | 51歳。『ライスカレー』（フジテレビ）出演・時任三郎、藤谷美和子／映画『時計　Adieu l'Hiver』（製作フジテレビジョン・倉本聰監督）出演・いしだあゆみ、中嶋朋子 |
| １９８７（昭和62）年 | 52歳。『北の国から'87初恋』（フジテレビ）出演・横山めぐみ／『昭和大つごもり―第九―』（フジテレビ）出演・ビートたけし |
| １９８８（昭和63）年 | 53歳。映画『海へ～See You～』（東宝・蔵原惟繕監督）出演・高倉健、 |

| | |
|---|---|
| | 桜田淳子／舞台『谷は眠っていた』（富良野塾） |
| 1989（平成元）年 | 54歳。『北の国から'89帰郷』（フジテレビ）出演・洞口依子 |
| 1990（平成2）年 | 55歳。『失われた時の流れを』（フジテレビ）出演・中井貴一、緒形拳／『火の用心』（日本テレビ）出演・石橋貴明、木梨憲武、後藤久美子／舞台『今日、悲別で』 |
| 1991（平成3）年 | 56歳。『文五捕物絵図・男坂界隈』（日本テレビ）出演・中村橋之助、寺尾聰 |
| 1992（平成4）年 | 57歳。『北の国から'92巣立ち』（フジテレビ）出演・裕木奈江／舞台『今日、悲別で』［カナダ、ニューヨーク公演］ |
| 1993（平成5）年 | 58歳。舞台『ニングル』 |
| 1995（平成7）年 | 60歳。『北の国から'95秘密』（フジテレビ）出演・宮沢りえ |
| 1997（平成9）年 | 62歳。『町』（フジテレビ）出演・杉浦直樹、大原麗子／舞台『走る』 |
| 1998（平成10）年 | 63歳。『北の国から'98時代』（フジテレビ）出演・宮沢りえ |
| 1999（平成11）年 | 64歳。『玩具の神様』（NHK　BS2）出演・舘ひろし、中井貴一、永作博美 |
| 2001（平成13）年 | 66歳。舞台『屋根』／舞台『オンディーヌを求めて』 |
| 2002（平成14）年 | 67歳。『北の国から　2002遺言』（フジテレビ）出演・内田有紀／舞台 |

| | |
|---|---|
| | 『地球、光りなさい！』 |
| 2005（平成17）年 | 70歳。『優しい時間』（フジテレビ）出演・寺尾聰、大竹しのぶ、二宮和也／『祇園囃子』（テレビ朝日）出演・渡哲也、十朱幸代、舘ひろし |
| 2007（平成19）年 | 72歳。『拝啓、父上様』（フジテレビ）出演・二宮和也、八千草薫、黒木メイサ |
| 2008（平成20）年 | 73歳。『風のガーデン』（フジテレビ）出演・中井貴一、緒形拳、黒木メイサ |
| 2009（平成21）年 | 74歳。ラジオドラマ『マロース』（NHK FM）／舞台『歸國』 |
| 2010（平成22）年 | 75歳。「富良野塾」閉塾。『歸國』（TBS）出演・ビートたけし、石坂浩二、八千草薫 |
| 2012（平成24）年 | 77歳。『學』（WOWOW）出演・仲代達矢、高杉真宙／舞台『明日、悲別で』 |
| 2014（平成26）年 | 79歳。日曜劇場『おやじの背中』第3話『なごり雪』（TBS）出演・西田敏行 |
| 2017（平成29）年 | 82歳。『やすらぎの郷』（テレビ朝日）出演・石坂浩二、浅丘ルリ子、加賀まりこ、八千草薫 |
| 2019（平成31）年 | 84歳。『やすらぎの刻〜道』（テレビ朝日）出演・石坂浩二、浅丘ルリ子、 |

加賀まりこ、風間俊介、清野菜名、橋爪功、八千草薫

＊この略年表は本書に登場する作品を中心に編んだものである。（碓井）

倉本 聰　1935（昭和10）年東京都生まれ。麻布高校卒、東京大学文学部美学科卒。脚本家。劇作家。富良野市在住。主な作品に『前略おふくろ様』、『北の国から』シリーズ、『やすらぎの郷』など。

碓井広義　1955（昭和30）年長野県生まれ。上智大学文学部新聞学科教授（メディア文化論）。慶大法学部卒。81年テレビマンユニオンに参加。代表作に『人間ドキュメント・夏目雅子物語』。

Ⓢ新潮新書

802

ドラマへの遺言《ゆいごん》

著 者　倉本《くらもと》 聰《そう》　碓井《うすい》広義《ひろよし》

2019年2月20日　発行

発行者　佐藤隆信

発行所　株式会社新潮社

〒162-8711　東京都新宿区矢来町71番地
編集部(03)3266-5430　読者係(03)3266-5111
https://www.shinchosha.co.jp

印刷所　株式会社光邦

製本所　株式会社大進堂



ISBN978-4-10-610802-0 C0274

価格はカバーに表示してあります。

## 新潮新書

644
### 市川崑と『犬神家の一族』
春日太一

『ビルマの竪琴』『東京オリンピック』『細雪』などの名作を遺した巨匠・市川崑。その監督人生と映画術に迫る。『犬神家の一族』徹底解剖、〝金田一〟石坂浩二の謎解きインタビュー収録。

586
### なぜ時代劇は滅びるのか
春日太一

『水戸黄門』も終了し、もはや瀕死の時代劇。華も技量もない役者、マンネリの演出、朝ドラ化する大河……衰退を招いた真犯人は誰だ！　長年の取材の集大成として綴る、時代劇への鎮魂歌。

613
### 超訳　日本国憲法
池上彰

《努力しないと自由を失う》《働けるのに働かないのは違憲》《結婚に他人は口出しできない》《「戦争放棄」論争の元は11文字》……明解な池上版「全文訳」。一生役立つ「憲法の基礎知識」。

692
### 観光立国の正体
藻谷浩介
山田桂一郎

観光地の現場に跋扈する「地元のボスゾンビ」たちを一掃せよ！　日本を地方から再生させ、真の観光立国にするための処方箋を、地域振興のエキスパートと観光カリスマが徹底討論。

748
### 外国人が熱狂するクールな田舎の作り方
山田拓

なぜ、「なにもない日本の田舎」の「なにげない日常」が宝の山になるのか？　地域の課題にインバウンド・ツーリズムで解決を図った「逆張りの戦略ストーリー」を大公開。